- Oliver Russo -

- SAMMELSURIUM -

Die Figuren und Ereignisse in diesem Buch sind fiktiv. Ähnlichkeiten mit realen Personen sind zufällig und nicht vom Autor beabsichtigt.

© Oliver Russo, Villingen-Schwenningen, 2002
Alle Rechte liegen beim Autor
Herstellung: Books on Demand GmbH, Norderstedt
ISBN 3 – 8311 – 4516 – 4

Wo gehen all die Großen Leute hin?

Als die Sonne an diesem Morgen über Calm-Down aufging, brach ein weiterer schöner Tag für die kleine Ortschaft an. Der Sommer schien schon fast vorüber zu sein. Hier und da lagen zwar schon welke Blätter auf den Straßen und Windböen strichen durch das Gras am Rande der Wege, doch niemand mochte sich über zu wenig Sonnenschein beschweren.

Denn noch immer waren es heitere Tage. Regen und Kälte lagen in weiter Ferne. Irgendwo hinter kleinen Feldern und struppigen Weiden, lichten Wäldern und seichten Hügeln.

Das Leben in Calm-Down ging seine gewohnten Wege. Und das mochten die meisten. Selbst wenn manche manchmal behaupteten, hier würden die Uhren nicht nur gemächlich sondern schlichtweg viel zu langsam gehen.

Aber für die Freunde Gaz, Winston, Diana und Mick war das ohnehin nicht wichtig. Denn die vier Hunde beschäftigten sich nicht allzu sehr mit den Schwierigkeiten der Menschen. Sie lebten ihr eigenes Leben und das war bereits spannend genug.

Es war noch früh an diesem Morgen und während Winston, ganz gegen seine Gewohnheit bereits dem Briefträger hinterhergejagt war, streifte Gaz mal wieder durch die Wiesen und Felder. Denn das tat er am liebsten. Draußen weit ab von den schmalen Straßen unterwegs zu sein, das war so richtig nach seinem Geschmack. Da machte es nichts, dass sich in seinem Fell ständig Kletten und Moose sammelten, oder sogar kleine Schrammen und Kratzer sein weizenfarbenes Fell durchzogen. Schließlich war er nicht umsonst ein echter Border Terrier und die mußten schon ein wenig aushalten. Sich durch Gräben schleichen, mit den schlauen Krähen Fangen spielen, die großen Kühe ärgern und sich anschließend unter dem Weidezaun hindurch zwängen; fast den gesamten Tag unterwegs zu sein, so hatte das Leben von Gaz vom ersten Tag an ausgeschaut.

Niemand kannte sich in und um Calm-Down so gut aus wie er. Schließlich war Gaz auf seinen Streifzügen meistens alleine unterwegs. Denn für Winston waren solche Spaziergänge nur mehr jugendlicher Leichtsinn. Wie sich dagegen er, der Chow Chow, seine Zeit vorstellte, war leicht zu erkennen. Sein ständig müder Blick, das graue Fell und diese merkwürdige Zunge waren nicht zu übersehen. Er genoß es den Tag auf seinem Lieblingsteppich zu verbringen, zu beobachten und anschließend kluge Ratschläge zu verteilen. Und dass konnte er tatsächlich so gut wie kaum ein anderer. Derjenige, der unter den vier Freunden und vermutlich in ganz Calm-Down, Winston' Ratschläge am meisten benötigte, war Mick. Mick der Dalmatiner. Er war groß und schlank, stolperte mehr als er ging und trat dabei noch in so ziemlich jedes Fettnäpfchen, das sich ihm in den Weg stellte.

Als Gaz wieder nach Hause kam, er war beinahe die komplette Nacht weg gewesen, schien das kleine Örtchen noch immer tief und fest zu schlafen. Ruhig und still lagen die schmalen Straßen da und nur wenig Menschen waren überhaupt zu erblicken. Vergnügt und zufrieden schlenderte Gaz über einen schmalen Feldweg. Noch immer konnte er unzählige Düfte riechen, sobald er seine schwarze Nase in den Wind hielt. Wie Bilder erzählten sie ihm vom nahen Wald und wilden Tieren, Stoppelfeldern und hohem Gras indem es sich so gut verstecken ließ. Doch im Moment gab es wichtigeres. Ihm knurrte der Magen und es war an der Zeit wieder nach Hause zu gehen. Er ging weiter den sandigen Feldweg entlang, vorbei an struppigen Gras am Wegesrand und Weidezäunen zu beiden Seiten, bis er schließlich die geteerte Hauptstraße erreichte. Es gab keinen Gehsteig. Nur dunkelgrauen Teer, Gartenzäune und sandige Wege, die zu den Haustüren führten. Aber das machte gar nichts. Hier waren nie viele Autos und Laster unterwegs, allenfalls mal ein Traktor. Doch den hörte dann jeder rechtzeitig.

Gaz' Zuhause lag etwas abseits der Straße dafür aber gleich zu Beginn von Calm-Down. Auf dem Weg dorthin kam er auch an einem hohen graugrünen Gartenzaun vorbei. Dichtes Gras zwängte sich zwischen den einzelnen Zaunlatten nach außen. Ein Stück bevor der Gartenzaun zu Ende war, stoppte Gaz für einen Augenblick, schaute sich um und tappelte anschließend weiter. Plötzlich sah er wie rechts ein dunkler Schatten rasch vorbeihuschte, das Gras raschelte und sich eine pechschwarze Hundeschnauze zwischen dem Zaun hindurch zwängte.

„Booooh!!!!"

„Hey Mick.", sagte Gaz ruhig. Er hatte sich tatsächlich nicht erschrocken und das war schon eine herbe Enttäuschung für seinen Freund auf der anderen Seite des Zauns.

„Hallo Gaz,", sagte Mick bedrückt. „Ich hab Dich nicht erschreckt, oder?" Noch immer war von ihm nichts bis auf seine Schnauze zu sehen. Tief auf dem

Boden, schaute sie zwischen den Zaunlatten hindurch.

„Nein, tut mir leid. Ich hab Dich schon vorher gesehen."

„So ein Mist. – Ich muß einfach besser werden! – Bin ich schon besser geworden? – Ein kleines Bißchen vielleicht?", fragte er.

„Ja ein klein wenig. Aber Mick..." Gaz machte eine Pause, schaute hinunter auf die Schnauze und überlegte sich genau, wie er es seinem Freund wohl schonend beibringen konnte. „Warum bist Du so versessen darauf?"

„Weißt Du doch.", gab er mit trotziger Stimme zurück.

„Immer noch wegen dieser Katze? – Vergiß es Kumpel! Ich fürchte sie wird Dich immer verarschen!" Die Katze von der die beiden sprachen hieß eigentlich Sparkles und lebte zusammen mit Mick im gleichen Haus. Über die Zeit hatte sich Sparkles einen Spaß daraus gemacht, den armen Mick ständig an der Nase herumzuführen. Etwas das einem echten Hund natürlich nicht gefallen konnte und so verbrachte Mick Stunden damit, Pläne auszuhecken wie er es Sparkles irgendwie heimzahlen konnte. Das Dumme dabei war nur, dass jeder Versuch bisher gescheitert war und meistens Mick' Ungeschick alles zunichte machte. Deshalb hatte er sich in den Kopf gesetzt von nun an hart zu trainieren. Und zwar das wichtigste überhaupt: *Das Anschleichen*. Und wo konnte er das besser tun als bei Gaz, dem Streuner, persönlich? Doch leider hatte es nicht geklappt und Mick war ganz niedergeschlagen. Endlich zog er seine Schnauze zwischen den Zaunlatten hervor und stand auf. Plötzlich überragte er den kompletten Zaun. Doch er ließ den Kopf hängen und blickte mißmutig zu Gaz.

„Hey Alter, laß Dich doch nicht rund machen. Vergiß die Katze!", sagte er anspornend und grinste dabei so breit, dass Mick kaum noch schlechte Laune haben konnte.

„Na gut – ich werd's versuchen."

„Ja genau! Das wollte ich hören. – Komm wir schauen mal wo Winston rumhängt." Schlug Gaz vor. Doch eigentlich wußten beide wo sie den alten Winston finden würden. Er war eben nicht der Typ, der tagelang von Haus und Hof und speziell seiner Lieblingsdecke fern blieb. Zwei Häuser weiter auf der gegenüberliegenden Straßenseite, fanden sie ihn. Schlafend wie immer.

„Hey W-i-n-s-t-o-n!!!!" Sang Gaz. Er liebte es den alten Grummler aus seinen Träumen zu holen.

„Was, wie, wo?", stammelte Winston und blickte sich rasch in jede Richtung um. Doch es dauerte einen Augenblick, ehe er klar sehen konnte und die beiden erkannte.

„Oh. Ihr seid's." Und als wäre das gar nichts, senkte er seinen Kopf wieder und legte ihn sich auf die Pfoten. Er schien nicht aufgelegt für eine kleine Plauderei oder gar ein richtiges Abenteuer.

„Die Katze hat mich schon wieder auf den Arm genommen.", klagte Mick. Ihm war wohl entgangen, dass Winston nicht eben vor Neugierde sprühte. Ohne ein Auge zu öffnen, oder sich sonst besonders zu bewegen, antwortete der alte Chow Chow: „Das tut mir wirklich leid. – Ist aber auch keine Neuigkeit." Das letzte Wort war schon kaum mehr zu hören gewesen. Sicher würde er gleich anfangen zu schnarchen. Gaz verdrehte die Augen. Mick wollte jedoch so rasch nicht klein bei geben.

„Sag Winston, magst Du vielleicht mit uns spielen?"

„Spielen?", brummelte er schon halb im Schlaf.

„Ja! – Wir könnten uns gegenseitig jagen oder verstecken."

„Ich glaub nicht.", antwortete er kaum verständlich. Für ihn war das Gespräch beendet. Winston hielt nicht viel von übermäßiger Bewegung und schon gar nicht, wenn er eben erst aufgestanden war. Er hoffte sehr, dass Mick ihn endlich verstanden hatte. Andernfalls konnte er ernstlich böse werden.

Gaz schaute sich die beiden noch einen Augenblick an und konnte nicht verhindern einen leisen Seufzer auszustoßen. Oh, was hatte er nur für Freunde? Der eine war (ein wenig) bescheuert und der andere scheinbar, bereits mit mehreren Beinen im Grab. – Doch was konnte er schon tun? – Mit einem Wink drehte er sich um, verließ die Veranda und trabte leichtfüßig zurück zur Straße. Mit Mick im Schlepptau. Gut, Winston war im Moment nicht zu gebrauchen, aber wer brauchte schon Winston? Naja, die beiden wohl. Doch sie hatten Pech gehabt und mußten wohl oder übel alleine auskommen. Sie gingen die Straße entlang, wieder zurück in Richtung Ortsmitte und Gaz überlegte sich ein paar Möglichkeiten. Leider war es schon zu spät für den Milchmann. Hin und wieder war es nämlich ganz spaßig, den Herrn mit seinem weißen Laster zu begleiten, sich ihm bei jedem Haus vor die Nase zu setzen und wie wild mit dem Schwanz zu wedeln. Doch Gaz hatte nicht allzu oft Lust auf Milch. Das war bei Mick zwar vollkommen anders und erklärte vielleicht ja auch die Streitereien mit Sparkles, aber inzwischen war es sowieso viel zu spät. Sie mußten sich etwas anderes überlegen.

„Wir könnten doch zur großen Straße gehen.", schlug Mick nach einer Weile, und leise hinter Gaz hertrottend, vor.

Die große Straße war einige Kilometer entfernt, doch es gab Tage, da war es ein netter Zeitvertreib dort zu sitzen und all die vielen verschiedenen Fahrzeuge zu beobachten. - Zu schauen wie sie blitzschnell in diese und jene Richtung rasten und niemals anhalten wollten.

„Na gut." Erklärte sich Gaz einverstanden. Allerdings mehr aus der Not heraus. Etwas besseres wäre ihm auch nicht eingefallen. So machten sie sich also auf zur großen Straße. Jedoch führte sie ihr Weg das erste Stück noch direkt durch Calm-Down und Gaz hoffte ein wenig, dass ihnen noch etwas besseres einfallen würde, ehe sie das Örtchen hinter sich ließen. Doch als sie die letzten Häuser erreicht hatten, sah es noch immer nicht danach aus und Gaz begnügte sich schon mit dem Gedanken den ganzen Tag von rechts nach links und wieder von links nach rechts zu schauen. Dabei war das Wetter so schön. Die Sonne schien, es war warm und ein leichter Wind wehte einem das Fell aus dem Gesicht. Allerdings trafen sie dann doch noch auf jemanden. – Diana die Pudeldame.

„Hallo ihr beiden.", rief sie von schräg vorne. Gaz blickte zu Diana herüber und konnte im Augenwinkel einen Schatten vorbeitrotten sehen. Mick überholte seinen kleineren Freund und kam ebenso rasch wie vergnügt auf Diana zu. Mit leuchtenden Augen und einem breiten Grinsen blieb er vor ihr stehen.

„Hallo Diana."

„Hallo Mick."

Mit etwas Verspätung kam auch Gaz zu den beiden. Mick' Begeisterung war kaum zu übersehen. Deshalb aber noch immer verwunderlich. Es war ja nicht so, als sähe er Diana nur einmal im Monat, aber was soll's...

„Wohin seid ihr denn unterwegs?", fragte Diana freundlich, schaute dabei allerdings nur auf Gaz. Es gab Zeiten, da hatten sich die beiden überhaupt nicht verstanden und die Pudeldame ein ums andere Mal belächelnd von Gaz' Streifzügen gesprochen. Für sie kamen solche Sachen natürlich nicht in Frage. Im Wald herumstreunen und sich Kletten einfangen, sich die Pfoten schmutzig machen und vielleicht sogar mal einen Kratzer abbekommen. Nein, das war nichts für sie. Trotzdem war sie immer sehr sehr neugierig.

„Wir gehen zur Großen Straße!", verkündete Mick gutgelaunt.

„Ooh.", antwortete sie und lächelte dabei ein Lächeln, das Gaz überhaupt nicht gefiel.

„Was hast Du denn vor?", fragte er deshalb ein wenig verärgert. Doch offensichtlich hatte er sie falsch verstanden.

„Ja, magst Du mitkommen?" Mick schüttelte wild den Kopf. Seine Augen wurden noch größer. Anschließend kratzte er sich mit dem Hinterbein am rechten Ohr.

„Ich glaub nicht, dass ihr das gefallen wird.", sagte Gaz rasch.

„Schade......"

„Stimmt schon Mick, Gaz hat recht. – Hat mich nur interessiert. Am besten ich warte erstmal bis mein Herrchen aufwacht.", sagte sie und wandte sich schon um zu gehen.

„Ja? – Könnte ich auch machen, meiner schläft auch noch, aber Gaz wollte zur Großen Straße.", meinte Mick und schaute entschuldigend auf seinen Freund. Dieser konnte nur verständnislos den Kopf schütteln und schonmal weitergehen. Diana verabschiedete sich mit einem Lächeln und die Beiden gingen weiter zur Großen Straße.

Sie verließen Calm-Down in südwestlicher Richtung, bogen nach rechts ab und schlugen sich über eine Kuhweide. Die großen Kühe hatten sich schon an ihren Anblick gewöhnt und solange die beiden nicht wie wild an ihnen vorbeirannten, störten sie nicht. Anschließend schlichen sie durch ein Weizenfeld. Das Korn stand schon hoch und es würde sicher nicht mehr lange dauern, ehe es abgeerntet werden würde. Gaz verschwand wegen seiner Fellfarbe fast völlig zwischen den Halmen. Und auch von Mick war nicht mehr viel zu sehen. Nur ein verräterisches Rascheln zeigte, wo sie sich gerade einen Weg bahnten. Nach dem Kornfeld trafen sie auf einen schmalen Weg. Rechts und links auf diesem Weg war der Untergrund sandig und die dicken Reifen der Traktoren hatten ihre Abdrücke hinterlassen. Dazwischen aber wuchs kurzes hellgrünes Gras indem sich noch immer der kühle Morgentau hielt. Es war schön mit den Pfoten hindurch zu schlendern. Diesem Feldweg folgten sie. Er würde sie beinahe direkt an die Große Straße führen.

Und wenig später erreichten sie ihr Ziel. Sie verließen den Weg mit dem grünen Streifen und zogen weiter durch das hohe Gras. Die Große Straße befand sich jetzt unterhalb von ihnen. Zwischen den zwei hohen Böschungen, zog sie sich über viele Meilen dahin. Beinahe so wie ein mächtiger, unaufhaltsamer, grauer Fluß. Gaz und Mick gingen an der diesseitigen Böschung entlang. Unter ihnen brauste der Verkehr dahin und über ihnen schien die Sonne. Als sie sich hinsetzten und wieder nach unten blickten, war es ein herrlicher Tag.
Trotzdem, so stellte sich bald heraus, war zumindest für Gaz nicht alles so wie gewöhnlich. Irgendwie

schien er die wuselnden Fahrzeuge, die großen Laster und langsamen Busse kaum zu beachten. Er schien abgelenkt und mit etwas Wichtigem beschäftigt zu sein. Immer wieder schaute Mick zur Seite. Doch selbst sein Ungeschick, er machte es jedesmal so rasant, dass seine Ohren nur so wedelten, konnte Gaz Aufmerksamkeit nicht auf sich ziehen. Erst als er nach einigen Minuten Mick' Stimme hörte, reagierte er.

„Gefällt es Dir nicht?"

Gaz schaute versöhnlich herüber. Mick war ein lieber Kerl. Ständig sorgte er sich um seine Freunde, auch wenn er sie selten verstand.

„Ich muß nur über etwas nachdenken."

„Aha!" Als wäre dies etwas wovon Mick nicht viel hielt, wandte er sich wieder um und beobachtete wie ein Laster mit hoch aufgetürmten Strohballen an ihnen vorbeifuhr. Er war viel langsamer als die anderen Fahrzeuge und viele Halme und Fetzen seiner Ladung wirbelten hinter dem Anhänger auf die Straße. Gaz erzählte nicht weiter worüber er sich so viele Gedanken machte. Er blickte auch auf den Verkehr. Oder manchmal auch auf Mick. Beobachtete wie sein Kumpel immer wieder den Kopf von links nach rechts und umgekehrt bewegte und wie dabei seine Ohren schlackerten. Nach zwei Stunden, oder vielleicht war es nicht gar so lang, meinte Gaz mehr zu sich selbst als seinem Nebenhund: „Ich sollte vielleicht mal mit Winston sprechen. Er kennt sich mit solchen Dingen sicher aus."

Mick schaute wieder herüber. Es störte ihn nicht, dass sie so lange geschwiegen hatten. Aber ebenso wenig, dass die Pause kurz unterbrochen wurde. Er war mit allem glücklich. Nickend, wenngleich ohne ein Wort zu sagen, pflichtete er Gaz bei. Ja sicher, Winston konnte bestimmt helfen.

Am Himmel zogen lichte, fast zerflossene Wolken heran. Beinahe sah es so aus, als hätte jemand mit einem großen Kamm die normalen Wolken in schwache Streifen gezogen. Es war warm und ein Wind, so wie ihn Gaz liebte, wehte immer wieder durch das Gras indem sie saßen. Sicher würde keiner der Menschen, die dort unten in ihren Blechkästen vorbeirasten, sie bemerken. So verging die Zeit und als die Sonne sich allmählich daran machte am Horizont zu verschwinden und ihre Mägen mächtig knurrten, hatten sich die beiden bereits auf den Heimweg gemacht. Allerdings ohne Eile. Sie ließen sich Zeit und sahen zu wie sich die Schwalben auf den Telefonmasten sammelten. Sicher würden sie bald ebenfalls eine Reise antreten. Wenn auch eine etwas längere. Doch noch war es nicht so weit. Während einige der flinken Flieger schon still auf der Leitung ruhten, schossen andere immer wieder dicht über die Kornfelder hinweg. Es war schön ihnen zuzuschauen. Wieviel Spaß sie daran hatten! Und besonders Gaz konnte seinen Blick kaum abwenden.

Die Sonne war kaum noch zu sehen und das Rot des Sonnenuntergangs traf auf die schwarzen Schatten entlegener Hügel und Wälder. Gaz hatte reichlich gegessen, auch Mick war zu Hause und stritt sich womöglich schon wieder mit Sparkles um die tägliche Milchration, als der Weg den Terrier zu Winston führte. Überraschenderweise war dieser nicht mehr am schlafen. Entspannt saß er hoch aufgerichtet in der Wiese neben seinem Haus und beobachtete wie unzählige Insekten das letzte Licht ausnutzten um ihrerseits etwas zu Fressen zu finden. Ein herrliches Summen von Grillen und Grashüpfern lag in der Luft. Noch war es wohl Sommer.

„Hallo Winston."

„Gaz! – Na, was hast Du heute wieder getrieben?" Winston war zwar hin und wieder ein ziemlich launischer Zeitgenosse und im falschen Moment geweckt zu werden, konnte er überhaupt nicht leiden, doch traf man ihn im rechten Augenblick, konnte man sich mit ihm herrlich unterhalten. Obendrein war er meistens sehr neugierig was Gaz so erlebte. Für den alten Chow Chow waren die Zeiten des Herumwanderns wohl schon lange vorbei, so sagte er zumindest immer wieder, und da genoß er es einfach zuzuhören.

„Ach, - an der Großen Straße.", antwortete Gaz und setzte sich dicht neben ihn. Aufrecht, so wie sein Freund und blickte in die selbe Richtung. Von weitem waren sie nur zwei dunkle Schatten im Sonnenuntergang.

Winston schaute zu ihm herunter.

„Schon wieder? – Euch fällt wohl auch nichts mehr ein.", sagte er grummelnd. Irgendwie hatte er ein wenig mehr erwartet.

„Naja, Mick wollte...aber das ist nicht der Grund warum ich zu Dir gekommen bin."

„Sondern?" Seine Neugier war aufs Neue geweckt.

„Auf dem Weg haben wir Diana getroffen und ein wenig geplaudert."

„Soso."

Gaz grinste und schaute zu Winston auf. Die beiden wußten, dass dies eine Lieblingsbeschäftigung von Diana war, aber hin und wieder war es ja ganz angenehm. Als der kleinere zurück auf die Wiese schaute, wurde er gleichsam auch wieder ernster. Er erzählte davon, was sie mit Diana besprochen hatten. Dass ihm heute – und dies konnte er sich kaum erklären – zum ersten Mal aufgefallen war, dass ihre jeweiligen Herrchen den ganzen Tag verschliefen und spät am Abend weg gingen. Meist die ganze Nacht. Fünfmal hintereinander. Dann war es immer vollkommen anders und sie standen immer früher auf. Es war merkwürdig und Gaz hoffte Winston hatte eine Erklärung dafür.

„Mmmmmmh, jetzt wo Du's sagst. Ja stimmt. Mein Herrchen macht das genau so."

„Findest Du das nicht sonderbar? – Ich meine die Menschen auf den Traktoren auf dem Feld oder die auf der Großen Straße, machen das scheinbar ganz anders."

Sie fanden an diesem Abend keine Lösung mehr und auch die Gedanken selbst, verflüchtigten sich mit der untergehenden Sonne. Als das letzte Rot einem blassen Schimmer am Horizont gewichen war, entschlossen sie sich zu gehen.

Doch gerade als sie um die Ecke und an einem Baum vorbeikamen, verließ das Herrchen von Winston das dunkle Haus. Mit schweren Stiefeln und einer blauen Hose stand der Mann einen Moment vor der Haustür. Entweder um abzuschließen oder den Schlüssel unter der Fußmatte zu verstecken. Danach ging er eilig zur Straße wo er sein Auto geparkt hatte. Die Tür wurde zugezogen, schon ratterte der Motor los und die Scheinwerfer ließen Lichtkegel über die Straße fliegen. Er fuhr los und war rasch außer Sichtweite.

Ohne ein Wort zu sagen blickten sich die beiden Hunde an. Über Calm-Down waren die Schatten der Nacht hereingebrochen. Es wurde kühler und stiller. Leise Geräusche, die am Tage wohl auch sie überhört hätten, waren nun mit einem Mal deutlich zu hören. Und selbst das kleinste Rascheln konnte den Unvorsichtigen erschrecken.

„Winston?"

„Ja."

„Nehm Dir für morgen früh nichts vor. Ich möchte, dass wir uns alle treffen."

Und Winston nickte. Es war nicht nötig nachzufragen worum es ging. Die Neugier hatte auch ihn gepackt und da mußte einfach etwas getan werden. Doch nicht mehr in dieser Nacht. Sie verabschiedeten sich und gingen ihrer Wege.

Der darauffolgende Tag begann kühl und ungemütlich. Ja, es war beinahe so als hätte es die Sonne für besser befunden, heute mal im Bett zu bleiben. Dichter Nebel zog über die Felder und Weiden, machte auch nicht vor Calm-Down halt und ließ die Konturen verschwinden. Die Luft war so kühl und feucht, sie schien Spätsommer und Herbst gleich in einer Nacht übersprungen zu haben und zum Winter übergegangen zu sein. Allerdings konnte die Freunde dies auch nicht aufhalten. Nur Diana ließ ein wenig auf sich warten. Als sie dann endlich am Treffpunkt, einem kleinen Kreis aus koffergroßen Felsen nicht weit von Calm-Down, erschien, konnte sich nur Mick ein Lachen verkneifen.

„Ja ja! Lacht nur.", schimpfte Diana nach einer kleinen Pause: „Ich kann doch auch nichts dafür."

Ihr Herrchen oder Frauchen, die beiden nahmen sich an Fürsorge nicht viel, hatten der Pudeldame doch tatsächlich ein selbstgestricktes Jäckchen um den Rücken gelegt.

„Du siehst aus wie eines dieser Stoffdinger die sich die ganz kleinen Menschen mit ins Bett nehmen.", sagte Gaz dann auch ganz offen. Allerdings ohne dabei besonders gemein zu klingen. Er fand einfach sie sah tatsächlich so aus. Winston pflichtete dem zwar nicht wirklich bei, doch ein tiefes Grinsen verriet, was er davon hielt.

„Laßt sie doch in ruhe!", bat Mick eindringlich und die anderen beiden verfielen sofort in stilles Staunen, da sie ihn so noch nie erlebt hatten. Aber schließlich hatte er Recht und sie sahen es ein. Immerhin konnten sich die wenigsten Hunde ihre Herrchen aussuchen. Dass Diana gerade an ein solches geraten war, hatte nur mit einem etwas zu tun, - Pech! Und so freute sich Diana über den ritterlichen Einsatz des Dalmatiners und nahm den anderen beiden ihr anfängliches Lachen nicht mehr lange übel. Viel mehr wollte sie erfahren, was sie an diesem kalten morgen so wichtiges zu besprechen hatten. Da sich irgendwie alle diese Frage stellten, mehr oder weniger zumindest, doch zunächst niemand etwas sagen wollte, ergriff Gaz schließlich das Wort.

„Winston und ich haben es gestern wieder beobachtet."

„Was, was?", fragte Mick begeistert. Vielleicht hatte der Metzgerwagen ja wieder einen Teil seiner Ladung verloren. Das war bisher zwar erst ein einziges Mal vorgekommen und dann auch gleich vom Fahrer bemerkt worden, doch seither spekulierte Mick bei jeder außerplanmäßigen Zusammenkunft auf diesen Glücksfall. Leider mußte ihn Gaz wiedermal enttäuschen.

„Das die großen Menschen spät abends, beinahe um die gleiche Zeit irgendwohin gehen. Und zwar fast alle, die wir kennen!" Gaz blickte ruhig aber mit großen Augen in die Runde. Winston stimmte ihm nickend zu. Die anderen beiden schienen noch nicht ganz zu ahnen worauf ihr kleiner Freund hinauswollte.

„Und?", fragte Diana deshalb. Doch schon nach dem ersten Augenblick, kam sie selbst auf die richtige Antwort.

„Ach so – Du möchtest wissen wohin sie gehen?"

„Ja! Wo gehen all die großen Menschen hin?" Wieder schwiegen sie als müsse hier und jetzt eine Antwort gefunden werden. Das klappte natürlich nicht. Obwohl sie sich konzentrierten und ihre Köpfe bedächtig zu Boden richteten. – Nein, nein. Da brauchte es schon mehr. – Viel mehr! Es brauchte einen Plan. Aber glücklicherweise hatten sie ja Winston.

„Nun gut,", begann er ruhig. „Wenn wir uns alle einig sind, dass wir diese Frage lösen sollten, - machen wir es doch einfach." Gesagt getan. Doch wie? Das wollten alle wissen.

„Nichts leichter als das!", verkündete Winston. „Im Moment schlafen sie noch. Doch heute abend wird es wieder losgehen und wenn ihr euch dann immer noch einig seid, werden wir uns einfach an ihre Fährten heften!"

War es tatsächlich so einfach? Mick hob seinen Kopf und schaute gen Himmel, versuchte seiner Schnauze den gleichen Ausdruck zu verleihen wie tags zuvor Gaz an der Großen Straße.

„Doch die Autos sind doch viel zu schnell für uns.", sagte er schließlich.

„Stimmt!", antwortete Gaz. „Allerdings wollen wir sie ja nicht jagen. Wir wollen nur erfahren wo sie die großen Menschen hinbringen."

Das schien allen einzuleuchten und ohne ein Wort zu sprechen einigten sie sich darauf es zu versuchen.

Ehe es losging hatten sie ja noch einige Stunden Zeit, um sich genauere Gedanken zu machen. Hierbei zeigte sich, dass Diana viel mehr konnte, als nur ein selbstgstricktes Jäckchen durch die Gegend zu führen. Sie hatte einige gute Einfälle und nicht wenige davon wurden gemeinsam beschlossen.

Als die Sonne bereits recht hoch stand und die Kirchturmglocken zehnmal schlugen, war die Zusammenkunft vorüber. Gespannt, aber auch zufrieden, trennten sich die vier Freunde. Bis zum Abend konnten sie nicht mehr viel tun.

Wieder kündigte sich eine kalte Nacht an. Den ganzen Tag über, waren grautrübe Wolken am Himmel hinweg gezogen und nur selten hatte sich die Sonne wirklich behaupten können. Jetzt war es nicht gerade ein Vergnügen im Dickicht am Rande der Straße zu sitzen und auf die großen Menschen zu warten. Die vier hatten sich in Zweiergruppen aufgeteilt und versuchten gleich mehrere Häuser zu beobachten. Winston war bei Mick und Gaz bei Diana.

Still saßen sie da und schauten in die immer tiefer werdende Dunkelheit.

„Müßte es nicht schon so weit sein?", fragte Diana neugierig und blickte langsam nach links und rechts. Angestrengt versuchte sie etwas zu erkennen. Doch die Schatten machten es schwierig. Ruhig und still lag die Treppe ihres Hauses da. Nichts rührte sich. Dabei konnte es nicht mehr lange dauern, denn die Fenster des Erdgeschosses waren hell erleuchtet. Und dann – ein lautes Knarren, schwere Schritte auf alten Dielen – und einer der großen Menschen kam heraus. Er war nicht mehr als ein grauer Schatten der zügig den kurzen Weg zur Straße ging. Eine Tasche oder Dose hielt er in einer Hand, sonst hatte er nichts dabei.

Noch angespannt vom ersten Moment, zögerte Gaz nun nicht mehr länger. Ein kurzes, knurrendes Bellen drang durch die Nacht – das Zeichen. Als die Scheinwerfer aufleuchteten, hatten sich die Hunde bereits in Bewegung gesetzt. Winston und Mick gingen voraus und hielten sich am Rande der Straße. Gaz und Diana hielten sich hinter dem Wagen als der Motor gestartet wurde. Der Streuner versuchte sich den Geruch der qualmenden Wolken einzuprägen. Dann fuhr das Auto los und sie mußten hinterher. Doch das war viel schwieriger, als es sich die beiden vorgestellt hatten. Anfangs versuchten sie dicht an der Straße entlang zu laufen, aber das 'Auto gewann einen immer größeren Vorsprung. Als die vier schließlich völlig außer Atem aufeinandertrafen, mußten sie sich schnell eine andere Taktik überlegen. Sie standen auf einem kleinen Hügel und sahen wie sich das Licht des Autos hinauf und hinab wandte. Gaz schaute an der tiefschwarzen Straße entlang. Gut, dass die Wolken den Mond nicht vollkommen verdeckten. Hecken und Weiden, niedrige Bäume und struppiges Gras am Rande der Straße waren grau und schemenhaft zu erkennen.

„Wir müssen über die Wiesen.", schlug er schwer atmend vor.

„Aber dann verlieren wir das Auto."

„Schaut doch, es fährt sicher zu den dunklen Häusern."

Und tatsächlich weit entfernt, ragten kantige Schatten mit gelbweißen Lichtpunkten über der Landschaft empor. Und es sah so aus als führe die Straße direkt dorthin.

„Wir haben keine andere Wahl.", sagte Gaz nochmals eindringlich und sprang mit einem großen Satz über einen Graben neben der Straße.

Die anderen zögerten, doch folgten sie ihm schließlich. Mit heraushängenden Zungen und angestrengtem Keuchen, rannten sie über die Weiden. Gras schlug ihnen ins Gesicht und besonders Winston hatte Mühe das Tempo zu halten. Doch er sagte nichts. Selbst wenn sie ihn abhängen würden, die Richtung war inzwischen klar. Als sie unter einem dichten Gestrüpp am Anfang eines abgeernteten Feldes hindurch mußten, wurde Diana' schicke Jäckchen von den Zweigen und Dornen aufgerissen. Altes Laub des letzten Herbstes, Kletten und Erdkrumen verhedderten sich darin. Aber Diana dachte nicht daran anzuhalten. Dicht hinter Mick und Gaz jagte sie durch die Nacht. Fast war es so, als wolle die Zeit nicht vergehen, als würden sie niemals ankommen. Sicher hatte das Auto schon lange die dunklen Schatten der Häuser erreicht und im durchgeschüttelten Blick der Freunde sah es nicht so aus, als würden sie näher kommen. Doch dann standen sie plötzlich direkt vor einem hohen Zaun und dahinter erhoben sich große Gebäude. Rechteckig und wie gigantische Bauklötze sahen sie aus. Runde Schornsteine streckten sich hier und da in den Himmel und ein unguter Geruch drängte sich in die empfindlichen Nasen. Erschöpft hielten sie vor dem Zaun kurz inne. Nun waren sie wieder recht nahe der Straße. Dort wo der Teer auf den Zaun traf, war ein großes Tor mit einem kleinen Häuschen, in dem jedoch keiner der Großen Leute saß.

„Und jetzt?", fragte Winston knapp. Er war am meisten erschöpft und sein sonst so makelloses Fell sah aus wie ein alter verstrubbelter Wischmop.

„Wir suchen uns einen Weg.", schlug Gaz vor.

„Ja!" Diesmal ging Mick als erster los. Schnüffelnd und streng auf den Boden blickend, trottete er am

Zaun entlang. Die anderen folgten mit ein wenig Abstand. Ein ums andere Mal schauten sie durch den Zaun auf das Gelände. Nun, da sie sich ein wenig ausgeruht hatten, empfanden sie den Geruch als noch stärker und irgendwie kam er ihnen auch bekannt vor. Doch mit solchen Dingen, dieser Art von Häusern, konnten sie ihn nicht verbinden. Als sie weitergingen, erreichten sie eine Stelle an der sie große Laster hinter dem Zaun erkennen konnten. Doch alles schien still zu sein.

„Glaubt ihr wir kommen noch hinein?", fragte Diana Gaz und Winston. Mick war weiter vorn ganz mit Schnüffeln beschäftigt und konnte ohnehin nicht antworten. Aber auch die beiden schauten nur zweifelnd.

„Da!" Mick' Ruf war so laut, dass die anderen vor Schreck zusammenzuckten und sogleich ängstlich durch den Zaun spähten. Aber es bewegte sich noch immer nichts.

„Pssssst!", schimpfte Winston mit grimmiger Miene.

„Tschuldigung.", gab Mick leise zurück. „Aber ich habe etwas gefunden."

Als die anderen näher kamen, steckte Mick schon bis zur Hälfte in einem Rohr, das wohl unter dem Zaun hindurch führte. Es war groß genug das auch Winston bequem durchschlüpfen konnte. Sie zögerten nicht. Nacheinander verschwanden sie in der tiefen Dunkelheit. Kaltes aber sonderbar schleimiges Wasser spürten sie zu ihren Füßen und der Geruch der mittlerweile Gestank war, wurde immer stärker. Als sie aus dem Rohr wieder herauskamen und in einer Art großen, zum Ende hin immer flacher werdenden Becken standen, erschraken sie schon wieder. Doch dieses Mal war es nicht so schnell vorüber. Ein schreckliches Grunzen und Quieken, ein

Schreien, zerriß die Nacht und ließ alle vier panisch umher blicken. Ein lautes metallisches Geräusch folgte und ein Klatschen als wäre ein großes Tor zugefallen. Sie flüchteten hastig aus dem Becken und versteckten sich zwischen mehreren Fässern. Nun waren sie direkt hinter einem Laster der mit seinem Anhänger an das Gebäude herangefahren war.

„Was war das?", flüsterte Diana angsterfüllt. Ihre Augen rasten doch konnte sie in ihrer Hast überhaupt nichts erkennen. Jedenfalls nichts, das diese Geräusche womöglich verursacht hatte.

„Ich weiß es auch nicht.", meinte Gaz und versuchte sich zusammen zu reißen. Mick duckte sich tief auf den Boden und hätte sich um ein Haar die Pfote über die Augen gelegt. Nur Winston blieb ruhig.

„Schweine.", sagte er mit ernster Stimme und schaute in Richtung des Lasters. Gaz folgte seinem Blick und das Bild lichtete sich. Viele, viele Füße bewegten sich nun und das Quietschen wurde einzelner, hörte jedoch auch nicht auf. Alle blickten sie nun nach vorn.

„Was sagen sie, was sagen sie?", wollte Diana wissen.

„Ich weiß es nicht. – Ich kann sie doch nicht sehen!", antwortete Winston und schaute wieder gebannt auf den Anhänger und die Schlitze darin. Etwas, das wie Nasen oder Schwänze aussah drückte sich anscheinend immer wieder gegen die Außenwand. Ein Rattern ertönte und immer mehr Licht drang in die Nacht, als ein großes Tor geöffnet wurde. Zwei von den Großen Leuten schritten heraus. Schwere Stiefel, schwere Schritte. Mit Stöcken in den Händen öffneten sie den Anhänger und ließen die Schweine über die Rampe in das Gebäude rennen. In ihrer Hast endlich Platz zu haben und diesem Anhänger zu entkommen, stürzten einige. Doch die Männer stachen sie mit ihren aufblitzenden Stöcken und die Schweine schrien vor Schmerz. Einige bekamen vor dem Gebäude und den Männer mit den Stöcken eine solche Angst, dass sie lieber im Anhänger bleiben wollten, doch bekamen sie das blaublasse Licht der Stöcke erst recht zu spüren, als die Männer in den Anhänger gingen um auch die letzten herauszutreiben. Und Mick erkannte sein Herrchen. Mit großen Augen starrten sie zum Licht. Solange bis es wieder eingeschlossen wurde und sich das Tor des Gebäudes schloß. Das Schreien und Grunzen der Schweine, das Rattern und Klopfen wurde dumpfer und vor Angst konnten sie sich nicht bewegen.

Diana drängte sich dicht an Winston. Alle standen sie eng beieinander. Was sollten sie nun tun? – Was geschah dort drinnen bloß? Fragend blickten sie sich gegenseitig an. Niemand bewegte sich oder sagte etwas. Doch dann war es Mick. Der ängstliche ahnungslose Mick, der losging. Geradewegs auf das Tor zu, langsam aber ohne zu zögern.

„Mick. – Mick.", rief Gaz leise. Aber sein Freund hörte ihn nicht sondern ging weiter. Und so blieb den anderen keine andere Wahl, sie folgten ihm. Links des Tores standen große Paletten. Aufgestapelt zu verschieden hohen Türmen. Dort kletterten sie hinauf denn eine helle Fläche verriet ein großes Fenster. Eng aneinander gedrängt blickten sie hinein. Gelbes Licht, aufgehängt an der hohen Decke, beleuchtete was tief unter ihnen geschah. Viele Menschen schritten umher, taten dies und taten das. Doch war ihre nur ein Bruchteil der Zahl der Schweine. Die Freunde beobachteten wie die armen Geschöpfe in eine enge Gasse getrieben wurden. Die dicken Holzbalken zu ihren Seiten ließen gerade so viel

Raum, das ein Schwein hindurch gehen konnte. Solange bis es von einem eingeschobenen Eisenrohr gebremst wurde und rechts und links, auf der Höhe des Halses Formen herausschnellten. Nun war das Schwein gefangen. Ein besonders großer der Großen Leute, lehnte sich nun in die Gasse. Er trug eine Schürze die ihm fast bis ans Kinn reichte und dicke Gummihandschuhe. Mit langsamen aber gewohnten Bewegungen, setzte er dem Schwein etwas auf die Stirn. Als ein zischender Knall erschallte und der Schlauch, der von dem Gerät in der Hand, zur Decke führte, zusammenzuckte, brach das Schwein zusammen. Blut rann pulsierend wie eine kleine Quelle in den Bergen aus dem quadratischen Loch. Schwall für Schwall. – Eine Klappe öffnete sich links und das tote Tier wurde auf ein Förderband gekippt Noch immer rann das Blut hinaus und floß auf den Boden. Doch dort hatte man Vertiefungen mit kleinen Ausgüssen zwischen die Fliesen gesetzt. Langsam rann die rote Flüssigkeit davon. Gleichzeitig wurde das nächste Schwein in den Würgegriff genommen. Nicht weit der Klappe, bei einem Förderband, wurden die toten Schweine mit einer Kette und unter ratterndem Lärm in die Höhe gehievt und weiter, hintereinander aufgereiht, durch halb durchsichtige Klapptüren in einen anderen Raum gezogen. Geräusche wie in einem Sägewerk drangen aus diesem Raum vermischten sich mit dem Rattern der Ketten und dem Grunzen der noch lebenden Schweine und drangen bis hinaus zu den Freunden. Nach einer Weile kam ein Mann, mit schweren Stiefeln, Schürze und den selben dicken Handschuhen wie alle anderen, aus dem Raum mit den Sägegeräuschen. In den Händen hielt er Bündel

mit Schweinsohren die er in einen großen Rollwagen
warf in dem schon viele andere lagen.

Who killed him....who killed me?

„...ja genau. Deshalb möchte ich es endlich loswerden. – Wir, - wir waren unterwegs. Es war wie sonst auch. Eine ganz gewöhnliche Route. Manchmal schwer, manchmal nicht. Wir hatten alles dabei und waren uns sicher auf alles vorbereitet zu sein. Der Pfad führte uns lange Zeit durch mächtige Laubwälder. Uralte Buchen mit Stämmen, die von drei Männern eben so umfaßt werden konnten. Das alte Laub häufte sich an, war beinahe wie kleine Dünen an einem sturmumtosenden Strand und machte es schwer. Der Himmel war grau dort wo man ihn sah und wenig Licht drang bis hinunter zu uns. Wir mußten die Augen aufhalten und uns konzentrieren, denn das Gelände stieg allmählich an. An manchen Stellen war das Laub recht feucht und unsere Füße verloren leicht den Halt. Es wurde steiler. – Aber es war nicht das erste Mal für uns. Wir kannten den Weg und seine Gefahren."

„Ja?"

„Ja. Wir gingen weiter. Inzwischen hatten wir die Felsen erreicht. Mächtige Brocken lagen wie zufällig verstreut und verteilt zwischen den Bäumen. Einige überragten selbst die höchsten Kronen. Doch wir hielten uns an die kleineren. Wie Stufen, gigantische und nicht für uns gemacht, führten sie uns in die Höhe. Hinauf zu Ebenen auf denen wieder diese Buchen standen. Es war kein Ende in Sicht und auch der klare Verstand sagte uns, dass es noch lange dauern würde. Die Last war schwer doch wir hatten noch ein weites Stück zu gehen. An einer gefährlichen Stelle, der Pfad führte hier nur über die kahlen Felsen, hatten Pioniere Eisenstifte in den Fels getrieben. Ein

Stahlseil lief an ihnen entlang und wir mußten uns mit aller Kraft festhalten um nicht den Stand zu verlieren. Dort war das wenige Laub besonders rutschig und wir versuchten es, so gut es ging, vor jedem Schritt mit dem Fuß nach unten zu schieben. Bedrohlich segelte es in die Tiefe. – Am Abend kamen wir dann endlich an. Schon von weitem, waren die hellerleuchteten Fenster zu sehen, flohen wie gespenstische Augen in die Dunkelheit. Und unsere Augen sehnten sich nach der Wärme die sie versprachen. Unsere Ohren versuchten nicht allzu sehr auf die Geräusche und Laute des nächtlichen Waldes zu achten. Alles konzentrierte sich darauf anzukommen. Dann erreichten wir die Ebene. Auch hier: Bäume, Bäume, Bäume. Und auch das Haus selbst, war aus den alten Buchen gezimmert worden.

Wir schüttelten das Laub und den Schmutz von unseren Mänteln und Umhängen, öffneten mit klammen Händen die Tür und atmeten auf. Oh wie wohl die Wärme tat, schon hier, noch halb im Wald! Als wir das Haus betraten und die Nacht hinter uns aussperrten, war es fast so, als wären die vergangenen Tage nicht gewesen. Unsere schweren Stiefel hallten laut auf den Holzdielen, als wir den größten Raum, das Wirtszimmer, betraten. Nicht viele waren hier und diejenigen, die sich über ihre Teller und Krüge lehnten, musterten uns nur kurz. So dachten wir zumindest. – Wir legten unser Lasten ab und wollten nur noch zur Ruhe kommen. Der Wirt kam und brachte uns bald darauf eine Mahlzeit, die wir uns hungrig einverleibten. Aber wir waren müde, sehr müde von der anstrengenden Reise und mochten bald zu Bett gehen. Man gab uns Schlüssel für unsere Kammern und wir erklommen die letzten Stufen.

Ich war schon eingenickt, als mich ein großes Durstgefühl wieder wach werden ließ. Die Speisen waren wohl zu salzig gewesen. Jedenfalls konnte ich nicht weiter schlafen ohne eine kühle Erfrischung meine Kehle hinunterlaufen zu lassen. Ich zog mir nochmals Hose und Stiefel an, warf mir ein Hemd über und ging hinunter in die Wirtsstube. Nun war ich tatsächlich allein. Bis auf eine Ausnahme. Ein junger Mann mit langen, hellbraunen Haaren. Die strähnig aussahen als hätte er sie einige Zeit nicht gewaschen, saß auf einer Bank und schien schon zu schlafen. Der Wirt war verwundert mich noch einmal an diesem Abend zu sehen. Doch der Grund für mein Kommen erschien ihm schon bald klar. Er gab mir einen großen Krug und verschwand wieder. Ich setzte mich nicht weit von dem jungen Mann. Ooooh! Was war es für eine Wohltat den salzigen Durst hinunterzuspülen. Ich nahm gleich nochmals einen großen langen Schluck. Als ich den Krug wieder absetzte, war der junge Mann aufgewacht und schaute mich an. Mit glasigen Augen und blasser Haut. Fast schien es, als würde er schwitzen. Ich blickte nur kurz zu ihm, sah nur für einen Moment auf seinen dunklen grünen Pullover, dünneren Stoff der darunter hervorschaute und seine hellblaue zerschlissene Hose. Dann widmete ich mich wieder meinem Getränk. So vergingen Minuten. Vielleicht hätte ich ein Gespräch anfangen sollen, oder zumindest eine Kleinigkeit sagen müssen, aber mir war nicht danach und so ließ ich es bleiben. Still blickte ich auf meinen Krug, der sich inzwischen bis zur Hälfte geleert hatte. Dann fand ich nur noch drei fingerbreit Erfrischung darin, dann noch einen und schließlich war er leer. Ich setzte ihn ab, wischte mir mit dem Handrücken über die Lippen und kramte nach meinem Beutel. Da merkte ich, dass sich der junge Mann rührte. Ich blickte nicht zu ihm, doch konnte ich es deutlich spüren. Ich tat nichts weiter als die Bändel des Beutels aufzuziehen um ein Geldstück herauszuholen. Doch war dies mehr als genug. Als ich aufstehen wollte, hielt er mich an meinem Arm. Seine glasigen Augen starrten mich an, seine dreitagebärtigen Wangen, sein schlanke Gesicht ließ keine Regung erkennen; bis er seine Augen für einen Moment schloß und anschließend sagte: „Gib mir all Dein Geld!"

Erst jetzt merkte ich, die Klinge in seiner anderen Hand. Sie war nicht groß doch direkt auf mich gerichtet. Ich schaute auf das geschärfte Metall und dann wieder in sein Gesicht. Fast schien es, als lächle er. Doch kein Lächeln aus Freude oder Spaß. Langsam wiederholte er: „Gib mir all Dein Geld!"

Sekunden, Minuten vergingen ehe er zustach, ich aber, riß mich mit aller Kraft von ihm los und konnte ihm ausweichen. Sein Stoß bohrte die Klinge in die Sitzbank. Eine Sekunde schauten wir uns tief in die Augen. Dann zog ich rasch mein eigenes Messer aus dem Stiefel und rammte es ihm mit meiner Linken in den Oberkörper. Tief! - So weit es ging. Bis zu meiner Hand.   Seine Augen weiteten sich und ich ließ ab vom Griff. Er sackte zurück, doch ohne einen Laut oder den Blick von mir abzuwenden und auch ohne dieses Lächeln abzulegen. Ebenso wie zuvor, flammte es über seine trockenen Lippen. Er war noch nicht tot. Einen Augenblick war ich wie gelähmt und konnte mich nicht rühren. Keine Hand breit. Doch dann ließen die eisigen Fesseln von mir ab und ich handelte rasch. Steckte meinen Beutel ein, stand auf, kniete nieder und griff ihn mir. Wie leicht er war! Ich legte ihn mir über meine Schulter und richtete mich wieder auf, ging zur Tür, öffnete sie und ging dann hinaus in die tiefe Nacht. Ich eilte mich, rannte schon fast durch das Laub und hinfort vom Haus; achtete nicht auf die Laute, die mich mit Eiseskälte empfingen und nicht auf den kühlen Mond, der hier und da sein Licht zu Boden schickte. Dann hielt ich an. Die Blätter am Grund waren weniger geworden. Ich war auf einem schlammigen Weg. Ich legte den Mann auf den Boden, direkt vor mich um meine Tat zu beenden. Noch immer war da dieses Lächeln. Ich blickte ihn an. Wie gebannt. Doch meine Hände wollten sich hinunter zu seiner Brust tasten. Aber dort steckte kein Messer. Nicht mehr! Nur eine klaffende, warme Wunde fanden meine Finger! Angst legte sich mir kalt auf meine Schultern. Hielt mein Gesicht zwischen ihren flachen Händen gefangen und kühler Schweiß bildete sich auf meiner Stirn als ich wieder auf ihn hinunter sah. Nichts hatte sich verändert. Meine Augen jagten umher, drangen durch die Nacht auf der Suche nach Hilfe. Und die Dunkelheit war nicht gar so finster. Meine Hände wühlten durch den kalten Schlamm am Boden. Nicht weit den Weg hinab war eine tiefe Lache. Eine flache Grube, die sich mit Regenwasser gefüllt hatte. Ich zerrte den jungen Mann dorthin, zog ihn durch den Schlamm, legte ihn auf den Bauch und ließ sein Gesicht ins Wasser gleiten. Wie ein Schleier verteilten sich seine langen Haare auf der Wasseroberfläche. Ich setzte mich auf seinen Rücken und lauschte. Lauschte ihm und der Dunkelheit. Doch nichts rührte sich. Dann! Plötzlich! Zuckte sein Körper zusammen. Unter mächtiger Kraft, wie ein gefangenes Tier aufbringen vermag, versuchte er sich aufzubäumen, herauszuwinden. Glucksende, gequälte Laute drangen vom Grund der Lache bis an mein Ohr. Blasen bildeten sich, er zuckte und zuckte und zuckte. Doch ich war zu schwer. Nur ein Moment verging – und alles war still. Ich wartete. Wie eine Ewigkeit erschien es mir, ehe ich ihn umdrehte. Doch das Lächeln war nicht verschwunden. Keine Qual lag mehr in seinen Augen, keine Angst und keine Furcht. Ich konnte es sehen! Panisch warf mich der Schrecken zurück. Ließ mich rücklings in den Schlamm fallen, meine Hände hilflos nach einer Stütze tasten. Aber dann gewann ich die Kontrolle zurück. Wütend stand ich auf, griff nach ihm, zerrte ihn hoch und trug ihn zum Rand der Ebene. Felsen aus dem gleichen Stein, fielen hier in einer senkrechten Wand ab bis sie irgendwann wieder auf den Grund trafen. Die Nacht war so finster, ich konnte nicht einmal den Boden dort unten sehen. Nur die Äste, die Kronen der mächtigen Bäume, die sich mir entgegenstreckten. Ich nahm den jungen Man in meine Arme, sah noch ein letztes Mal sein Lächeln, hob ihn höher, oh wie leicht er war, stemmte ihn über meinen Kopf und warf ihn hinunter. Doch er fiel und stürzte nicht! Gleich einem welken Blatt im Wind, glitt er langsam nach unten, hinfort aus meinen Händen bis er – auf einem Ast liegen blieb. Tief unter mir. Doch ich konnte es sehen. Ich konnte es sehen. Das Lächeln. – Ich nahm die größten Steine die ich finden konnte und ließ sie auf ihn hinunter regnen........"

Schlaf

Ed O'Sullivan war 56 Jahre, 7 Monate und 11 Tage alt geworden als er in seinem Garten tot zusammenbrach. Den gesamten Vormittag über hatte er damit zugebracht, Unkraut zu jäten und das Erscheinungsbild seines geliebten Beetes wieder ansehnlicher zu gestalten. Nun lag er in eben diesem, zwischen wunderschönen Lilien und noch immer mit der Harke in der Hand. Es dauerte ehe man ihn fand. Dennoch war Ed ein angesehener wie gerngesehener Mensch gewesen und die Trauerfeier sollte von mehr Menschen besucht werden als der wöchentliche Viehmarkt auf dem Marktplatz des kleinen Dorfes, irgendwo in Irland.

Als es dann an der Zeit war, kam es tatsächlich so. Junge und alte, starke und schwache, einfach jeder der es einrichten konnte, war in die Kirche gekommen um Ed die letzte Ehre zu erweisen. Es war damals noch eine andere Zeit muß man wissen und die katholische Kirche vereinte alle unter ihrem weiten Mantel. Es war das Jahr 1953 als Ed O'Sullivan von uns ging.

Seine freundliche Art, die ihm zu Lebzeiten jederzeit anzusehen gewesen war, hatte auch sein Beruf, Bürgermeister, nicht schmälern können. Und so hallte das leise Schluchzen und Weinen wider, als sich die Menge im Kirchenschiff versammelte und die großen Türen geschlossen wurden. Doch nicht nur aufgrund des plötzlichen Todes eines lieben Menschen, war diese Trauerfeier etwas besonderes. Blicken wir hierzu jedoch ein wenig zurück. Genauer gesagt drei Monate und 13 Tage.

Stürmisch wehte der Wind über das Land, drückte das hohe Gras zu Boden und ließ auch die Kronen der Bäume weiter herunterkommen. Niemand, der es nicht mußte, war bei einem solchen Wetter unterwegs. Noch war es nur der Wind, doch würde der Regen gewiß nicht allzu lange auf sich warten lassen. – So dachten zumindest die meisten. Jedoch, einem blieb nichts anderes übrig als sich gegen den Wind zu stemmen und dem Wetter zu trotzen. Mit einer Hand den Hut auf den Kopf drückend und mit der anderen einen kleinen Leiterwagen hinter sich herziehend, verschwand die dunkle Kontur seines Gewandes beinahe im Sturm. Nur der kleine Billy, der, seine Nase ans Glas der Fensterscheibe drückend, in der warmen Küche saß und den Sturm draußen beobachtete, konnte den jungen Mann kommen sehen. Angestrengt zog er den Wagen mit dem Wenigen das er besaß, über den holprigen Feldweg ins Dorf hinauf. Keine Menschenseele war zu erblicken und auch die Fenster der Häuser schienen dunkel und verweist. Den kleinen neugierigen Billy entdeckte er nicht.

Pochend drang das Klopfen durch das gesamte Pfarrhaus. Erschreckend, ein wenig, zumal es draußen so stürmte. Ja fast hätte Catharina Michels geglaubt, einen Fensterladen zu hören. Aber es war doch ein Klopfen und kam von der Tür. Als sie sich dieses Umstandes gewahr wurde, eilte sie raschen Schrittes die Treppe hinunter und öffnete. Noch ehe ein Wort der Begrüßung ausgetauscht wurde, flüchtete sich der junge Mann in den Vorraum des Pfarrhauses. Erst als er merkte, dass ihn der Wind nicht mehr plagte, nahm er den Hut ab und stellte sich vor.

Catharina war ein wenig verblüfft, denn eigentlich hatte sie erst in einer Woche mit der Ankunft des neuen Gemeindepfarrers gerechnet. Doch das dieser schon jetzt vor ihr stand, freute sie nach dem ersten Augenblick.

„Kommen Sie doch bitte herein, Pfarrer Cook. Sie müssen ja völlig verkühlt sein.", sagte die ältere Dame freundlich und ging schon voran ins Haus. Pfarrer Cook lächelte freundlich, doch mit blassen Augen. Nicht nur wegen der anstrengenden Reise sah er müde und schwach aus. Sein dünnes Haar, welches ihm an manchen Stellen sogar schon ausging, trug er streng nach hinten gekämmt. – Seine Lippen waren trocken und spröde.

„Wir sind so froh Sie endlich bei uns zu haben. Die Zeit ohne einen wahren Beistand war schlimm für die Gemeinde.", erklärte Catharina und führte Pfarrer Cook in die warme Stube des Pfarrhauses. Den Leiterwagen und seinen Hut ließ er vorerst im Flur, kurz vor dem Treppenaufgang in die Schlafräume, zurück.

„Ich habe Wasser aufgekocht und wollte mir gerade einen Tee machen. Möchten sie auch einen?"

„Ja, danke. Das wäre jetzt genau das Richtige."

Catharina freute sich und lächelte. Die Zeit seitdem Pfarrer Albert nicht mehr unter den Lebenden war, die Herde der Gemeinde ohne Hirte und sie ganz allein in diesem Haus zugebracht hatte, war eine große Belastung für Leib und Seele gewesen. Sie war überglücklich den Nachfolger früher als später bei sich zu haben.

„Bitte. Setzen Sie sich."

Pfarrer Cook folgte ihr und nahm an dem massiven Küchentisch Platz, während sie den Tee aufgoß. Allmählich schwand die Kälte aus seinem Körper, was sich zunächst in den Fingern und den Gelenken bemerkbar machte. Ruhig rieb er sich die Finger und Hände und freute sich auf seinen Tee.

Die Nachricht über das Erscheinen von Pfarrer Cook, sprach sich noch am selben Nachmittag um wie ein Lauffeuer. Tatsächlich wußte bis zum späten Abend jeder davon. Und Billy freute sich, dass er den neuen Pfarrer als erster gesehen hatte.

In den folgenden Tagen hatte Pfarrer Cook alle Hände voll zu tun, sich bei der Dorfgemeinschaft vorzustellen. Obwohl einige nach der anfänglichen Freude gleichwohl in Argwohn überschwenkten, ob des offensichtlich geringen Alters des neuen Pfarrers, war die überwiegende Mehrheit einfach glücklich wieder jemanden in der Kirche anzutreffen. Pfarrer Cook hatte mit wesentlich mehr Zurückhaltung gerechnet. Denn Geschichten über die langjährige Freundschaft zwischen seinem Vorgänger und den Menschen im Dorf, waren ihm schon früh zu Ohren gekommen. Demnach versuchte er mit Ruhe und Gelassenheit zu überzeugen.

Natürlich kam es bald auch zu einer Unterredung mit dem Bürgermeister Ed O'Sullivan. An einem frischen Morgen trafen sich die beiden Männer in O'Sullivans Haus. Für den allseits beliebten Bürgermeister, bedeutete die Ankunft von Pfarrer Cook ebenfalls eine große Erleichterung. Wobei sie ein wenig anders lag als bei den meisten. Schließlich hatte er nach dem Tot von Pfarrer Albert größtenteils als Berater fungieren müssen. Und obschon er die Probleme der Menschen gerne teilte und ihnen Ratschläge gab, hatte es ihn doch von seinen eigentlichen Aufgaben abgelenkt.

„Ich wundere mich nur...", begann O'Sullivan nachdem er sich entschuldigt hatte, seinen Gast so früh zu sich gebeten zu haben und sie schließlich in seinem Arbeitszimmer, eingerahmt von großen Regalen bestückt mit unzähligen Büchern, Platz genommen hatten.

„....dass es allzu lange gedauert hat, bis man Sie zu uns kommen ließ."

Es war eine sehr freundliche Beurteilung der Verhältnisse. O'Sullivan kannte wohl die Wahrheit, oder zumindest ahnte er, dass es ein wenig anders gewesen war. Schließlich wußte er um die Abgeschiedenheit seines Dorfes und wie dies auf so manchen wirken konnte. Hier merkten die Menschen noch nicht viel vom rasanten Fortschritt oder von den großen Ereignissen, die in der Welt geschahen. Und auch wenn dies einen katholischen Pfarrer womöglich als letzten gestört hätte, war die Liste der Interessenten für dieses Amt sehr kurz gewesen. Dennoch hatte man gezögert, ehe man sich auf Pfarrer Cook festgelegt hatte. Es war sein erstes Amt als Vorstand einer Gemeinde und hinter jeder Ecke, jedem Zaun und jedem Gespräch lauerten für ihn neue Erfahrungen.

„Ich bin froh diese Aufgabe bekommen zu haben.", sagte Pfarrer Cook. Rutschte dabei aber ein wenig verunsichert auf seinem Stuhl herum. Wenn alles gut lief, ihm die Jahre Weisheit schenkten und er das Vertrauen aller gewann, würde er eine ähnliche Ausstrahlung besitzen wie sein Gegenüber. Noch war er jedoch sehr weit davon entfernt. Auch wenn er sich merklich mühte.

„Ich werde mein Möglichstes tun, um allen gerecht zu werden." Er lächelte. Die letzte Nacht hatte ihm sehr gut getan. Doch auch das warme Bett und die schmackhaften Mahlzeiten hatten seinen Teint nicht rosiger werden lassen. Seine Augen, ja, sie hatten nun mehr Wärme und Glanz.

„Ja, ich bin sicher das es gelingen wird. Und falls jemals Schwierigkeiten auftauchen sollten, wissen Sie wo Sie mich finden. – Ich kenne hier jeden und weiß, dass manche vielleicht ein wenig schwierig sind." O'Sullivan sagte dies mit einer solch gelassenen Herzlichkeit, dass Pfarrer Cook nur dankend nicken konnte. Und in diesem Moment waren alle Selbstzweifel und Ängste verschwunden.

Es war Sonntag als die Gemeinde zum ersten Mal die Worte des neuen Pfarrers empfing. Neugierig besuchten selbst solche den Gottesdienst, die ihm in der Vergangenheit treu ferngeblieben waren. Das führte gar soweit, dass die Bankreihen für den Andrang nicht mehr ausreichten und einige stehend zuhörten.

Nicht mehr als eine gewöhnliche Sonntagsmesse stand vor Pfarrer Cook, doch die Aufregung wollte einfach nicht weichen. In den letzten Tagen hatte er geglaubt die Zweifel abgelegt zu haben, er war im Dorf umhergegangen und hatte mit vielen Menschen persönliche Gespräche geführt. Doch nun mußte er erkennen, dass es nicht so leicht war. Hart schluckend ging er mit blassem Gesicht die Kanzel hinauf. Das Husten und Räuspern der Menschen, drang bis hoch zu ihm und er spürte die vielen Blicke, obschon er auf die hölzernen Stufen sah. Als er oben war, zum ersten Mal seine Augen schweifen ließ und die Menge vor sich als seine Gemeinde erkannte, wurde es ein wenig leichter. Sehr Überraschend! Und er klammerte sich an dieses Gefühl. Zu Beginn huschte ein verunsichertes Lächeln über seine dunklen Lippen und seine Finger strichen nervös sein

Gewand glatt. Als er anfing zu sprechen, lauschten sie ihm alle. – Leider. Denn seine Stimme war schwach und brüchig. Sie klang nach einem Mann der Jahre keinen Laut über die Lippen gebracht hatte, nur um nun zu versuchen eine Hymne anzustimmen. Aber es kam noch schlimmer. Er verlor den Faden, wiederholte sich und ließ dafür andere Stellen aus, ja stotterte sogar. Pfarrer Cook spürte, wie sich kalte Schweißperlen auf seiner Stirn sammelten, seine Augen einerseits immer hastiger hin und her blickten, andererseits jeden direkten Blickkontakt vermieden. Es war schrecklich. Als der Gottesdienst zu Ende war, verließen die meisten Menschen mit zwiespältigen Gefühlen die Kirche. Eigentlich hatte Pfarrer Cook sie an den Türen verabschieden wollen, doch dazu war er nicht in der Lage. Von sich selbst enttäuscht, zog er sich rasch zurück.

So hörte er zumindest nichts vom Tuscheln und Flüstern derjenigen, die sich deutlich mehr versprochen hatten. Bei wenigen schwang die Verwirrung gar in laut werdende Enttäuschung um, sobald sie die Kirche verlassen hatten. Nicholas Spencer sagte gar, man solle ihn gleich wieder zurück schicken und sich einen richtigen Pfarrer holen. Philip McDermont wollte immerhin noch einen zweiten Versuch abwarten, schloß sich jedoch grundsätzlich der Meinung Spencers mit an. Und so verstreute sich die Gemeinde, tuschelnd und flüsternd und ging ihre Wege an diesem ersten Sonntag unter Pfarrer Cook.

Der beäugte und gescholtene, flüchtete sich schließlich in das Pfarrhaus. Ging eiligst in sein Arbeitszimmer, verschloß die Tür und wollte auch nicht, dass Catharina ihm einen Tee brachte. Allein blickte er aus dem Fenster. Hier und da sah er noch die dunklen Konturen, von in Mäntel gehüllten Menschen durch das Grau des Morgens gehen, aber schließlich kehrte Ruhe ins Dorf ein und niemand war mehr zu sehen.

So vergingen Stunden, binnen derer die arme Haushälterin mehrmals sorgenvoll an die Tür von Pfarrer Cook klopfte. Stets blieben ihre Versuche unbeantwortet und mit Besorgnis versuchte sie sich wieder ihrer Arbeit zu widmen. Erst am Nachmittag, als das Licht des Tages bereits zu verblassen begann, öffnete Pfarrer Cook die Tür. Sein Gesicht schien innerhalb der Zeit, allein in seinem Zimmer, unheimlich rasch gealtert zu sein. Es schien nicht mehr nur blaß sondern fast grau. Seine Haare waren durcheinander, als wäre immer wieder grübelnd die Hand hindurch gefahren und seine Augen hatten den Glanz der Unterredung mit O'Sullivan vollkommen verloren.

Ohne viel Worte zu verlieren und ohne auch nur mit einer Silbe vom Gottesdienst zu sprechen, nahm er sein Abendmahl ein und ging früh zu Bett. Möglich, dass ihn in jener Nacht Alpträume plagten und seine Ruhe störten. Oft wandte er sich unter der Decke hin und her und stöhnte leise auf, doch am nächsten Morgen erinnerte er sich keiner der Schatten, die ihn des Nachts um seinen Schlaf gebracht hatten.

Mit Beharrlichkeit, so sagte sich Pfarrer Cook auf einer Bank sitzend und an einen Baum gelehnt selbst, würde er früher oder später an sein Ziel gelangen. War es denn verwunderlich, dass sich ein neuer Pfarrer unsicher während seines ersten Gottesdienstes zeigte? – Zumal er doch noch so jung war!

Die Antworten waren tröstlich und gaben ihm Mut. Womöglich lag es an geringfügigen Veränderungen, die er sich einfach nur erarbeiten mußte. Vielleicht war schon seine nächste Messe mit der ersten nicht mehr zu vergleichen. Hoffnungsvoll blickte er mit offenen Augen über die geschwungenen Weiden, die windschiefen Gatter und wenigen Wege abseits des Dorfes.

Als er wieder zurück ging, kam ein kleiner Junge, zufällig Billy, aus dem Dorf geradewegs auf ihn zugelaufen.

„Herr Pfarrer, Herr Pfarrer!", rief er aufgeregt noch ehe er bei ihm war. Völlig außer Atem erreichte er Cook.

„Was ist denn mein Junge?"

„Die alte Frau........" Er schluckte und versuchte es noch ein Mal.

„...sie ist gestorben!"

„Wer?", fragte Cook und hielt den Jungen sanft an den Schultern.

„Frau Labersby. – Kommen Sie." Rasch ging er voran und Cook folgte Billy. Frau Labersby war die Großmutter einer Schulkameradin von Billy. Früher, als er noch kleiner gewesen war, hatten er und seine Freunde sich ständig vor ihr gefürchtet. Sie gar für eine Hexe gehalten. Solange bis sie die Räuberbande dabei erwischt hatte, wie sie in ihrem Garten Kirschen stibitzt hatten. Zur Strafe mußten sie dann gemeinsam alle Kirschen pflücken. Doch die gute Dame behielt sie nicht für sich. Nein, sie machte daraus einen leckeren Kuchen und jeder der kleinen Schurken bekam ein Stück davon. Seither hielt sie niemand mehr für eine Hexe und am wenigsten Billy.

Als Cook mit Billy das Haus erreichten, war Bürgermeister O'Sullivan bereits dort. Alleine ging Cook zu ihm in den Raum, wo man die arme Frau gefunden hatte. Sie war in ihrem Lesesessel eingenickt und nicht mehr aufgewacht. Ein Buch lag noch aufgeschlagen neben ihr auf einem kleinen Tisch und auf der Nase hatte sie ihre Lesebrille. Betroffen stand O'Sullivan vor ihr. Er hatte bisher nichts angerührt. Nur still ausgeharrt.

„Bürgermeister."

„Oh Herr Pfarrer.", sagte O'Sullivan nach einer Weile. Geradeso als sei er tief in Gedanken versunken.

„Danke, dass Sie so rasch gekommen sind. – Ich wollte noch warten, ehe ich...." Er ließ den Satz unbeantwortet. In seinem Dorf gab es kein ständiges Polizeirevier und außer ihm hatte sonst niemand die Befugnis bei Unglücksfällen Maßregeln zu setzen. Dennoch hatte er abwarten wollen.

„Es scheint beinahe so, als würde sie einfach nur schlafen.", sagte Cook leise.

„Ja. Ich glaube sie hat nicht viel gemerkt. – Ihr Glück."

„Ist denn der Arzt bereits verständigt?"

„Ja, ich habe nach ihm geschickt. Allerdings ist er nicht zu Hause. Vielleicht bei einem Patienten bei den Höfen außerhalb. Es wird dauern ehe er zurückkommt." Und mit einem Wink ließ O'Sullivan zwei Männer mit einer Bare hereinkommen. Es gab im Dorf kein wirkliches Bestattungsunternehmen. Allerdings hatte sich schon der Vater von Kenneth Irving, dem Tischler, dieser Aufgabe angenommen und sein Sohn führte sie fort. Seine Gesellen machten ihre Arbeit nicht zum ersten Mal. Vorsichtig hoben sie den Körper der Toten auf die Bare und trugen sie hinaus. Cook begleitete und behütete sie.

Plötzlich sah sich Pfarrer Cook einer ganz anderen Aufgabe gegenüber gestellt, als eine schlichte Sonntagsmesse abzuhalten. Das Gute daran war, sofern er diesen Gedanken überhaupt in dieser Form hatte, dass er sich eindringlich darauf vorbereiten konnte. Hier gab es keine Überraschungen und mit der beschlossenen Beharrlichkeit wußte Cook, dass es ihm gelingen würde.

Rasch vergingen die zwei Tage bis zur Beerdigung von Frau Labersby, aber Cook war bereit. Obwohl er die Tote kaum gekannt hatte, wollte er ihr eine Totenmesse bereiten, an die sich das kleine Dörfchen lange erinnern sollte. Obschon er merken mußte, dass sie nicht allzu viele Verwandte oder Freunde besaß. So blieben an dem traurigen Tag der Messe, die hinteren Reihen der Bänke frei.

Mit fester aber warmer, versöhnlicher Stimme, sprach Pfarrer Cook tröstende Worte. Erzählte vom Leben und den Taten der zu Betrauernden und sprach vom Reich Gottes in das sie nun einziehen möge. Das Güte und Freundlichkeit niemals vergessen wurden und sie in der Erinnerung der Hinterbliebenen weiterleben dürfe. Das Trauer etwas natürliches sei und nur zeige, welchen Platz die Gestorbene in unser aller Herzen eingenommen hatte. Dabei waren seine Augen und Hände vollkommen ruhig. Und sein Blick pendelte nicht mehr umher voller Unrast oder Angst. Nein, er suchte seinesgleichen in den Gesichtern der Weinenden.

Als der Gottesdienst schließlich vorüber war und sich die Trauernden von Frau Labersby verabschiedet hatten, empfing Pfarrer Cook alle draußen vor den Türen. Ruhig gab er jedem die Hand, legte die andere darauf und sprach nochmals Tröstliches. Und eine Woge an Dankbarkeit brandete ihm entgegen. Einige lächelten gar und strichen sich die Tränen beiseite, als er sich mit blasser Haut und dunklen Lippen, aber Glanz in den Augen von ihnen verabschiedete.

Zuletzt kam Bürgermeister O'Sullivan hinaus.

„Es war ein gelungener Gottesdienst. Wirklich sehr schön"

„Danke."

„Sie müssen bedenken, dass...." Er schwieg einen Moment ehe er fortfuhr: „Vielleicht nicht viele allein wegen der armen Frau Labersby gekommen wären."

Pfarrer Cook verstand zwar nicht ganz, doch spürte er, dass der Bürgermeister in diesem Moment sicher nicht näher darauf eingehen würde. Also versuchte er es gar nicht.

„Nochmals danke.", sagte O'Sullivan und ging.

Auch wenn der Anlaß ein trauriger gewesen und der Verlust für einige kleine Jungen schwerlich zu verkraften war, blühte Pfarrer Cook in Folge der Beerdigung förmlich auf. Wohl verkroch er sich noch immer häufig für lange Zeit in seinem Arbeitszimmer, doch nur um anschließend mit einem erfreulichen Ergebnis und guter Laune wieder zu erscheinen. So groß war die Überraschung über die rasche Akzeptanz der Gemeinde gewesen, dass sich Pfarrer Cook schon bald sicher genug fühlte, um auch die gewöhnlichen Gottesdienste mit Bravour zu bestehen. In dieser Ambition, möglichst viele zu erreichen, versuchte er sich ständig zu steigern und sich selbst zu verbessern. Und so sah er die Ursache für mangelnde Hingabe, - wie er nach einigen Wochen befand, nur bei sich und nicht der Gemeinde. Zu den gewöhnlichen Messen und Gottesdiensten erschienen inzwischen meist nur jene, die auch seinem Vorgänger mit Andacht zugehört hatten und dies war in gewisser Weise Bestätigung und Enttäuschung zugleich.

Als die Tage bereits schon wieder länger wurden, die Nächte jedoch noch bitter kalt waren, geschah es, dass Walter McVie noch spät nach seinem Hund Janks suchte. Der Pointer hatte es sich zur Angewohnheit werden lassen, herumzustreunen und die Umgebung ausgiebig zu erkunden. Leider tat er dies auch in der Nähe des Kaninchenzüchters McTellar. Ob nun Janks oder ein listiger Fuchs für den Verlust von fünf prächtigen Karnickeln in den letzten Wochen verantwortlich war, ließ sich nie klären. Aber schon allein aus der Befürchtung heraus mitverantwortlich zu sein, suchte Walter McVie auch an diesem Abend wieder nach seinem Hund.
Grummelnd ging er mit kalten Füßen abseits des Weges. Die Kälte schien ihm schon die Hosenbeine hinaufzuklettern und nuschelnde Flüche kamen ihm über die Lippen, als er wieder einmal laut gerufen hatte ohne eine Antwort zu bekommen.
„Janks! – Komm Junge, wo steckst Du? – Janks!"
Nichts tat sich. Dafür knackten Äste unter seinen Füßen und die alten Bäume, mit ihren blattlosen Zweigen, sahen gespenstisch aus im Halbdunkel der Nacht. Wolken zogen in Schwaden vor einen zunehmenden Mond und Nebel kündigte sich schon in den Niederungen an. Walter mußte achtgeben wo er seine Füße hinsetzte. In dieser Dunkelheit war es

leicht möglich eine morastige Kuhle zu übersehen und sich den Knöchel zu stauchen.

„Janks...verdammt...komm sofort her, oder...", schrie Walter McVie hilflos und starrte in die Dunkelheit. Und gerade als er es ausgesprochen hatte, hörte er ein leises Geräusch hinter sich. Erleichtert endlich gefunden zu haben was er suchte und sich wieder auf den Heimweg machen zu können, wandte sich Walter rasch um.

„Janks, Du Schlingel."

Doch als der Schatten aus der Dunkelheit kam, erstarb die Erleichterung. Ein Rauschen sowie ein weiterer Schatten und Walter sackte unter dem mächtigen Schlag mit dem Knüppel zusammen. Reglos und ohne einen Laut. Rasch wurde er gepackt und ein Stück weiter bis hin zu einem Tümpel geschleift. Ein leises Platschen ertönte und verlor sich im nächtlichen Wald, als Walter ins Wasser gerollt wurde. Noch einige Augenblicke verharrte der Schatten, doch dann war es gewiß, dass Walter nicht mehr aufstehen würde. – Einige Minuten später erschien Janks und verharrte die ganze Nacht am Ufer des Tümpels.

Es dauerte drei Tage ehe Walter von einem Suchtrupp, geführt von Bürgermeister O'Sullivan, gefunden wurde. Mit ihm waren Arzt Pellington, Pfarrer Cook, die beiden Gehilfen des Tischlers und einige Männer, die glaubten die Umgebung bestens zu kennen. Darunter auch Kaninchenzüchter McTellar.

Irgendwann war Janks ins Dorf zurückgekehrt und hatte des Nachts heulend für Unruhe gesorgt. Letztendlich war er es, der den Bürgermeister dazu brachte auf ein persönliches Gespräch bei Walter

McVie an dessen Türe zu klopfen. Doch ohne Ergebnis. Niemand hatte ihn gesehen und so begann man schließlich mit der Suche. Mit Hunden und auch Janks der sich ständig in der Nähe des Suchtrupps aufhielt, aber niemanden an sich heranließ, fanden sie schließlich McVies Leiche. – Es war kein schöner Anblick. Tiere hatten wohl schon versucht sich daran gütlich zu tun.

„Herr Bürgermeister, Arzt Pellington!", rief einer der Männer durch das Jaulen der Hunde hindurch. Rasch eilte der Rest der Gruppe zu ihm. Sie hoben McVie' Leichnam aus dem Wasser. Rasch stellte Arzt Pellington fest, dass es schwer sein würde einwandfrei zu klären wie dieses Unglück passiert war. Von der Wunde am Kopf, hervorgerufen durch den Knüppel, war nichts mehr zu erkennen. Hierzu waren es zu viele Tiere gewesen. Mit bleichen Gesichtern standen die Männer um Arzt Pellington und die Leiche. Soetwas hatte niemand unter ihnen zuvor schon einmal gesehen und nicht wenige mußten ihren Blick abwenden. Nur Pellington konnte sich zusammenreißen und legte selbst ein Tuch um den Toten. Nun war es auch den beiden Gehilfen möglich ihre Arbeit zu machen und McVie auf die mitgebrachte Bare zu legen.

Geschockt blickte sich Bürgermeister O'Sullivan noch um, schon als die Gruppe sich wieder entfernt hatte. Immer wieder ging ihm ein Gedanke durch den Kopf, faßte nach ihm und ließ ihn böses ahnen. Besorgt sah er den Männern hinterher und für einen Augenblick meinte er zu glauben das McTellar zurückschaute; für einen Augenblick.

Im Dorf untersuchte Arzt Pellington den Leichnam ausgiebig. Oder zumindest gewissenhaft, denn auch ihm war ein derartiger Fall bis auf eine Ausnahme noch nie untergekommen. Doch das lag Jahre zurück und er hatte geglaubt nie wieder in diese Ränke verwickelt zu werden. Auch ein Inspektor von der Polizei erschien, einen Tag darauf und inspizierte Fundort und die Unterlagen des Arztes. Jene waren schon bald vollständig und die Leiche konnte der Kirche übergeben werden, um dem Mann die letzte Ehre zu erweisen. An dem Tag des Gottesdienstes war das gesamte Dorf auf den Beinen. Die Umstände um das Ableben von McVie hatten jeden, auch die, welche es überhaupt nicht interessierte, erreicht und so waren Mitleid und Trauer groß. Er war ein akzeptierter und respektierter Mann gewesen, bekannt für seine Freundlichkeit und Tierliebe.

Eben davon sprach auch Pfarrer Cook, der mit Hingabe seine Worte ausgearbeitet hatte und dies war ihm mit noch mehr Geschick gelungen, als zuvor bei Frau Labersby. Er rührte Angehörige und Freunde, aber selbst jene die McVie nur gekannt hatten zu Tränen. Und die Gemeinde war froh das Glück gehabt zu haben, diesen Mann ihren Pfarrer nennen zu dürfen.

Die Untersuchung des Unglückes, wie die Angelegenheit in aller Munde bezeichnet wurde, dauerte noch an, als McVie schon lange begraben war. Gewissenhaft führte der Inspektor Befragungen durch und versuchte für Klarheit zu sorgen. Auch McTellar wurde zu ihm gebeten, wenn auch ohne Ergebnis. Am Ende der Ermittlungen stand ein Bericht, der zwar von einem rätselhaften Tot und Unglück sprach, aber mehr nicht beweisen oder gar vermuten konnte. Niemand wurde verdächtigt und der Fall abgeschlossen. Der Polizist verließ das Dorf, es kehrte wieder Ruhe ein und die Menschen vergaßen was geschehen war. Mit Ausnahme eines Mannes, Bürgermeister O'Sullivan, der seit dieser Zeit keine ruhige Nacht mehr verbrachte.

Schließlich stand der Frühling vor der Tür und auch der Bürgermeister hatte vieles zu erledigen. Die Märkte sollten wieder einmal wöchentlich das Dorfzentrum beleben und hierfür mußte noch einiges getan werden. Alle wurden gebeten ihre Häuser und Geschäfte ein wenig herauszuputzen. Dem Bürgermeister schwebte vor, einen Wochenmarkt einzuführen, der größer und schöner sein sollte als alle anderen die es hier zuvor oder in der Umgebung gegeben hatte. So lud er auch Freunde und Bekannte ein, oft Geschäftsmänner, um sie gleichfalls für seine Idee zu begeistern.

Als dann der Tag gekommen war und der erste Markt des Jahres Gestalt annahm, strömten tatsächlich viele Menschen durch die Straßen und engen Gassen des Dorfes. Selbst fahrendes Volk, Zigeuner wie manche sagten, machten Halt auf den Wiesen vor dem Dorf und beglückten die Menschen mit allerlei Künsten.

Freudig beobachtete Bürgermeister O'Sullivan das Treiben, ehe er sich selbst unter die Menge mischte. Mit etwas Glück konnte dies ein goldenes Jahr werden, so dachte er.

Spät abends, die Stände des Marktes waren lange verweist und verschlossen, nur noch Papierfetzen und Stroh wurden vom Wind durch die Gassen geweht, war Susan auf dem Weg zu ihren Leuten. Susan gehörte zum fahrenden Volk und hatte den gesamten Tag über Papierblumen auf dem Markt verkauft. Den

Menschen im Dorf hatten sie sehr gefallen und obschon sie zunächst zurückhaltend gewesen waren, hatten sie zuletzt doch alle gekauft. Als Belohnung und da hier der Magen geknurrt hatte, war Susan in ein kleines Wirtshaus gegangen und hatte sich ein köstliches Mahl bringen lassen. Soetwas hatte sie zuvor noch nie getan und halb fürchtete sie, ihr Vater würde sie tadeln, da so doch der Gewinn geschmälert wurde. Aus diesem Grunde beeilte sie sich und ging rasch eine enge Gasse entlang. Glücklich, satt und frohgelaunt. Doch dann, sie hielt inne, war es für einen Moment gerade so, als ginge sie nicht allein in dieser Gasse. Nur einen Augenblick glaubte sie jemanden hinter sich zu hören. Sie verharrte, lauschte, doch nichts war zu vernehmen. Lächelnd, es als Kinderkram abtuend, ging sie weiter. Aber es dauerte nicht lange, bis sich die kühle Angst wieder auf ihre Schultern legte und Susan den Wunsch verspürte sich dem Blick der Gasse zu entziehen. Sie beschleunigte ihren Schritt, schaute sich ängstlich um und dann hörte sie wie auch ihr Verfolger anfing zu rennen. Deutlich waren die Schritte auf den Pflastersteinen zu hören. Ihr Atem beschleunigte sich und das Schlagen ihres Herzens pochte laut an ihren Schläfen, verdrängte sogar den Schritt des Verfolgers. Immer wieder blickte sie sich um.......doch dann.....stieß sie mit jemandem zusammen. Ein kurzer Schrei entfuhr ihr, ehe sie den Mann vor ihr erkannt hatte.

„Verzeihung junge Dame."

„Oh – Sie. Ein Glück, dass ich Sie treffe."

„Ich mache häufiger so späte Spaziergänge.", antwortete er lächelnd und warmherzig, holte mit langsamen Bewegungen einen breiten Schal hervor und erdrosselte Susan in der finsteren Gasse.

HOW ARE YOU?

Warten...warten

Es war Mittwoch und Susanne war gerade auf dem Weg nach Hause. Bei der Arbeit, im Büro, war es mal wieder drunter und drüber gegangen und sie freute sich einfach auf eine lange und vor allem heiße Dusche. Anschließend würde sie sich mit Tom einen schönen Abend machen und vielleicht ins Kino gehen. Aber das war noch nicht sicher.

Gewöhnlich brauchte sie in etwa zwanzig Minuten von ihrer Wohnung bis zum Büro, aber Mittwochs war es immer schlimmer. Die Straßenbahn war total überfüllt. Fast hätte man meinen können an Mittwochen arbeiteten einfach mal eben doppelt so viele Menschen in der Innenstadt wie an allen übrigen Tagen. Aber was nützte es schon sich zu beschweren? Immerhin hatte sie einen Sitzplatz ergattern können und das war nicht zu verachten. Um sich die Zeit zu vertreiben, sie mußte die Linie beinahe komplett bis zum Ende durchfahren, stöberte sie in einer bekannten Frauenzeitschrift. Eigentlich laß sie die gar nicht regelmäßig, hatte sie sich einmal zu einer Nebensitzerin in der Straßenbahn sagen hören. Eine Lüge, sofern jeden zweiten Tag häufig genug war um bereits als regelmäßig zu gelten. Aber es war auch ein Dilemma mit dieser Zeitschrift. Denn sobald mal wieder seitenweise über neue Diät-Ideen, allein schon die Begrifflichkeit war zum schmunzeln, debattiert wurde, schämte sich Susanne zu den Leserinnen zu gehören. Anderseits genoß sie die rasche Ablenkung die damit einherging. Hin und wieder versuchte sie es auch mit einem Buch, doch sie fand es sehr schwierig sich in diesem Ambiente ausreichend zu konzentrieren. Auch wenn sie sonst eine fleißige Leserin war.

Heute saß eine ältere Dame neben ihr. Sie hatte eine große Einkaufstasche auf dem Schoß und schaute ständig angestrengt in die Fahrtrichtung. Als warte sie auf irgend jemanden oder ein besonderes Ereignis. Jedenfalls sah sie nicht danach aus ein belangloses Gespräch führen zu wollen, doch das war Susanne nur recht.

Als die Straßenbahn das direkte Zentrum verließ, lichtete sich der Wald der Fahrgäste deutlich. Zwischen den Sitzreihen mußte nun niemand mehr stehen und unfreiwillig zusammengezwängte Paare konnten sich wieder trennen. Jedoch bekam Susanne von alledem nicht sehr viel mit. Obschon sie die Zeitschrift wieder in ihrer Tasche verstaut hatte, blickte sie lieber nach draußen, erkundete die verregnete Stadt und sah zu wie dunkle Wolken über die Häuser hinweg zogen. – Zehn Minuten später mußte auch sie aussteigen.

Noch ein paar Meter und sie konnte sich entspannen, dachte sie und ging eiligen Schrittes über einen kleinen Platz. Hier konnte der Wind zwischen den Häusern hindurch und Blätter über den Asphalt wehen, ihr das Haar verstrubbeln und übervolle Mülleimer teilweise leeren. Aber auch das war nicht der Grund weshalb sie unvermittelt stehen blieb und nach unten schaute. Wieder wehte der Wind ihr durchs Haar, doch es störte sie nicht. Langsam bückte sie sich und hob eine kleine schwarze Ledertasche auf. In etwa so groß wie eine zusammengedrückte Zigarettenschachtel, erkannte sie es gleich als Schlüsseltäschchen. Gespannt und voller Neugier, wiegte sie es in ihrer Hand hin und her. Offensichtlich war es jemandem aus der Tasche gefallen. Sie schloß die Hand fester um die Tasche und schaute sich um. Jedoch war niemand zu sehen. Weit und breit nicht. Während sich ihre Finger um das Leder legten, konnten sie deutlich den Inhalt spüren. Und so barg es nur eine kleine Überraschung als sie den Reißverschluß aufzog. Ein kleines goldenes Schildchen in das ein Name und eine Adresse eingraviert worden war: T. Buchheimer, Silcheralee 7, 3d. Einen Moment lang betrachtete Susanne die Gravur. Sie war schön und keinesfalls rasch dahingearbeitetes Kleinwerk. Neben diesem Schildchen fand sie noch drei Schlüssel. Wieder blickte sie auf und schaute sich um. Aber ihre Augen sahen das gleiche Bild wie schon zuvor. Und um ein Haar wäre sie deshalb auch mißtrauisch geworden. Erneut war niemand zu sehen. Was sollte sie tun? Sie zögerte nur kurz, ehe sie weiterging. Die Silcheralee war nicht weit und sie hatte einen Entschluß gefaßt.

Fünf Minuten später stand sie vor dem Haus Nummer 7. Ein mehrstöckiges, aber schönes und altes Gebäude. Ein reines Wohnhaus. Susanne ging zur Eingangstür und machte sich bereits Gedanken welcher Schlüssel wohl passen würde, als sie zunächst auf die Klingel von Wohnung 3d drückte. Es blieb so wie sie es erwartet hatte, - still. Aber dennoch benötigte sie keinen der Schlüssel. Die Tür stand weit offen und gab den Blick auf einen dunklen Flur frei. Links, gleich hinter der Tür und auf der gleichen Seite wie die Klingeln, waren die Briefkästen angeordnet. Susanne schaute auf das Schlüsselbund und bemerkte erst jetzt, dass einer der drei etwas kleiner war als die anderen beiden. Sicher der Briefkastenschlüssel. Sie nahm die Schlüssel, legte sie behutsam in das Ledertäschchen zurück und zog den Reißverschluß zu. Es würde durch den Schlitz passen und um ein Haar hätte sie es auch einfach hineingeworfen. Doch dann kamen ihr Zweifel. Sie zögerte, überlegte und ließ dann die Hand langsam wieder zurück gleiten. Nein, besser nicht, dachte sie und ging weiter. Nach dem Flur mit den Briefkästen führte an der linken Wand eine Treppe nach oben. Rechts konnte man am Geländer vorbei, zu einer weiteren Tür gehen. Womöglich einem Innenhof, dachte Susanne aber prüfte es nicht nach. Langsam ging sie die Stufen hinauf. Leider hatte sie nicht darauf geachtet nach einem Lichtschalter zu suchen und so mußte sie achtgeben nicht zu stolpern, denn es war recht dunkel. Noch immer hielt sie das Ledertäschchen in der Hand. 3d hieß vermutlich, dass sich die Wohnung im dritten Stock befand. Glücklicherweise hatte das Haus ein drittes Stockwerk, auch wenn es das letzte war. Und dann war es soweit: Gleich nach dem Treppenaufgang, stand sie vor der Tür. Sie war bestens zu erkennen, denn große Fenster machten dieses Stockwerk angenehm hell.

Nun endlich mußte sie zweimal probieren, ehe die Tür aufgeschlossen war. Dabei hatte sie überhaupt nicht gezögert, ja noch nichtmal geklingelt. Erst als sie die Wohnung betreten hatte, alles um sie herum still war und sie auf das kleinste Geräusch achtete, erhallte ihre Stimme fragend: „Hallo? – Ist jemand hier?"

Kein Laut und keine Antwort. Sie schob die Tür zu, doch ohne sie zurück ins Schloß fallen zulassen. Niemand war hier. Das schien sicher. Neugierig blickte sie sich um, schaute und kuckte und bewegte sich nur langsam. Hinter der Tür hing eine Garderobe über weißer Tapete. Eine dunkle Jacke und ein schöner schwarzer Mantel, waren daran aufgehängt.

Darunter befand sich ein kleines Schränkchen und rechts daneben ein Spiegel. Susanne sah sich selbst und kam sich dabei merkwürdig fremd vor. Ob es an der ungewohnten Umgebung lag vermochte sie nicht zu sagen. Sie ging weiter. Der Flur war nur kurz. An seinem Ende konnte man entweder nach rechts oder links gehen. Wieder Flure entlang, auf beiden Seiten. Links sah es so aus als würde einen der Weg in die Küche oder ein Eßzimmer führen. Susanne entschied sich für rechts. Den gesamten Flur entlang, waren alte Blechschilder aufgehängt die Werbeaufschriften und Motive aus den Fünfzigern zeigten. Als Susanne weiter ging, stand sie am Ende des Flures wieder vor einer Tür. Doch sie ging nicht hindurch sondern wandte sich leicht nach links und ging in das große Wohnzimmer. Breite Schrankwände und Regale standen an den schmalen Seiten bis hoch zur Decke. In der Mitte des Raumes waren eine schwarze Couchgarnitur und weißer Tisch. Der Boden war mit großen weißen Fliesen bedeckt. An der Wand, zur Straße hin, gab es tiefe Einbuchtungen, die große Fenster einrahmten und das wahre Alter des Hauses erahnen ließen. In der Schrankwand gleich linker Hand, standen Fernseher, Videorecorder und Stereoanlage. Unzählige CD's und viele Videokassetten rahmten die Geräte ein. Susanne stand jetzt in der Mitte des Raumes. Was sollte sie tun? – Sie setzte sich auf die Armlehne eines der Sofas und schaute auf die Schrankwand. Durch die großen Fenster war sie bisher gar nicht auf die Idee gekommen das Licht anzuschalten. Draußen wurde es allmählich dunkel. Die Straßenbeleuchtung versuchte sich dagegen zu wehren und irgendwie ahnte man, dass es nicht mehr allzu lange bis Weihnachten dauern würde.

Susanne beschloß zu warten. Solange bis sich etwas tat. Jemand kam, anrief oder sonst etwas geschah. Dieses Vorhaben hielt sie jedoch keine fünf Minuten aus. Nach Ablauf dieser Zeitspanne schaute sie sich wieder um, auf der Suche nach Beschäftigung. Auf dem weißen Tisch inmitten der Couchgarnitur lag noch eine VHS-Kassette ohne Hülle doch mit Beschriftung. Neugierig las sie: „Hobby Nr.1 20.08.1998." Einen Moment behielt sie die schwarze Kassette noch zwischen ihren schlanken Fingern, drehte sie hin und her und verharrte in einer Überlegung. Dann gab sie der Neugier nach und legte die Kassette ein. Drückte auf Play, schaltete den Fernseher ein und suchte bis sie den Videokanal gefunden hatte. Noch immer war schwarz/weißes Flimmern zu sehen und fast hätte Susanne geglaubt eine unbespielte Kassette eingelegt zu haben. Doch dann wurde das Bild schwarz und eine Männerstimme sagte Nüchtern: „Freizeitbeschäftigungen, Erster Teil, 20. August1998" Das Bild flackerte erneut kurz in schwarz/weiß auf. Dann war ein älterer Mann zu sehen. Er hatte einen Dreitagebart und freundliche blaue Augen, trug eine orangene Weste und eine gleichfarbene Mütze. Zunächst schaute er direkt in die Kamera, ein wenig unbeholfen und verschüchtert, dann an ihr vorbei und als hätte er ein Zeichen bekommen, begann er zu erzählen: „ Ich arbeite nun seit etwa fünfzehn Jahren bei der Straßenwacht. Es ist ein guter Job, aber manchmal eben ziemlich langweilig. – Ein Kollege riet mir zu einem Hobby. Naja. Das haben ja die meisten dachte ich. Nun. – Seit etwa acht Jahren sammle ich Autounfälle. – Ich meine ich fotografiere die verunfallten Fahrzeuge. – Ohne Menschen, nur die Fahrzeuge! – Die meisten Fotos bewahre ich einfach in mehreren Alben auf, es sind inzwischen neun. Doch von manchen lasse ich vergrößerte Abzüge machen und die hängen nun gerahmt in meiner Wohnung."

Das Bild wurde wieder schwarz bis der nächste Beitrag erschien. Ein Dekorateur erzählte, er habe ein ziemlich ausgefallenes Hobby und das es viel mit Kunst zu tun habe. Das sage er besser immer im Voraus denn viele Menschen, so waren seine Erfahrungen, reagierten ein wenig geschockt, sobald er zu erzählen begann. Was er denn nun so mache, wollte der Interviewer wissen. Er würde Teile seines Berufes mit der Kunst verbinden, antwortete darauf der Mann. Im Klartext: Er schrieb mit größter Vorsicht bekannte und weniger geläufige Sprichwörter auf Toilettenpapier, rollte sie anschließend wieder auf um sie dann ausrangierten Schaufensterpuppen wie Gewänder umzulegen.

Erneut wurde das Bild schwarz, doch nicht für lange. Noch viele Menschen stellten ihre Beschäftigungen, ihre Hobbys vor. Meist schüchtern und zurückhaltend zu Beginn, doch immer selbstsicherer mit jeder Sekunde die sie frei davon berichten durften. Dutzendfach wurde Susanne in eine ungeheure Welt entführt, zauberhaft und unbekannt. So wundervoll und immer neu. Doch so sehr sie sich dagegen wehrte, nach zwei Stunden fielen ihr die Augen zu und sie schlief ein. Schlief tief und fest und vollkommen ruhig. Als sie am darauffolgenden Tag wieder aufwachte, lag sie in ihrem Bett und war seit vier Jahren und 40 Tagen verheiratet. Es war der 29. September 2002.

Don't fuck the ferryman

Der Himmel war wolkenverhangen und die blattlosen Bäume zeichneten sich scharf gegen sein Grau ab, als der Nachmittag zum Abend wurde und ich bereits den gesamten Tag im Sattel saß.
Ich hatte mich von Budapest aus auf eine lange Reise begeben und sehnte mich danach endlich anzukommen. Und fast hätte ich es auch geschafft.

Langsam trottete mein Pferd, mit gesenktem Haupt und müdem Reiter, zum Flußufer hinunter. Abseits des Weges reichte das farblose Gras bis hinunter an das dunkle Wasser. Dort wo dies nicht so war, hatte der Regen die Erde schlammig und schwer werden lassen. Paßte es nicht auf, versank das Tier bis zu den Fesseln. Vorsichtig wurden die Hufe voreinander gesetzt. Es war eine abgeschiedene Gegend und seit Tagen hatte niemand mehr die Überfahrt an dieser Stelle des Flusses hinter sich gebracht. Und die Männer am Ufer sahen früh hinauf zu mir, ihrem Gast. Doch nicht nur die Tatsache, dass jemand zu ihnen kam verwunderte sie am meisten; mein Aussehen selbst, ließ wohl ihre dunklen Augen neugierig aufschauen. Ja, fast ungläubig. Es dauerte ehe ich, gekleidet mit einem karierten Anzug, mein Pferd das steilste Stück hinunter dirigiert hatte. Ich war kein geborener Reiter. Auf dem Kopf trug ich einen runden, pechschwarzen Hut und hinter mir waren zwei Koffer am Sattel befestigt. Der eine groß der andere etwas kleiner.
Als ich abstieg sah ich mich gleich dem Fährmann gegenüber. Einem großen kräftigen Mann, der seine

Arme vor dem Körper verschränkte und abwartete. Es wirkte ein wenig einschüchternd auf mich. Aber so waren hier wohl die Menschen. Erschöpft hob ich meinen Hut um zu grüßen und wischte mir den Schweiß dabei in einer Bewegung von der Stirn. Die Last der Reise war mir sicher deutlich anzusehen. Ich spürte wie die runden Gläser meiner Brille die tiefer Müdigkeit nur geringfügig verbergen konnten. Meine Augenlider waren schwer. Mit einem weißen Tuch fuhr ich mir immer wieder über die Stirn. Meine Haare, die lang und ebenfalls schwarz wie die Raben waren, hatte ich streng zurück gekämmt.

„Guter Herr, wann ist denn die nächste Überfahrt?", hörte ich mich sagen. Ein Grummeln war zu hören und der Fährmann blickte den schmalen, modernden Steg entlang, an dessen Ende die Fähre lag. Dümpelnd konnte ich den leichten Wellengang hören und wie die Bordwand immer wieder sachte gegen den Steg lief.

„Das weiß niemand zu sagen." Und wieder spürte ich den strengen Blick auf mir haften. Gerade so als wäre die Frage vollkommen abwegig gewesen. Zweifellos verunsichert und fragend versuchte ich daraufhin am Fährmann vorbei zu sehen und womöglich den Grund für das Ausharren zu erfahren. Doch es war nichts auszumachen.

„Der Rumpf muß abgedichtet werden. – Treibholz hat uns letzte Nacht ein Loch hineingeschlagen.", sagte der Fährmann schließlich. Nun lagen die Zweifel bei mir. Doch ich sagte nichts, ließ den Mund geschlossen und wandte mich, den Hut wieder aufsetzend, schließlich um. Ungerührt beobachtete mich der Fährmann noch einen Moment, ich spürte seinen Blick. Doch dann ging er zurück, ließ schwere

Schritte auf dem Steg erklingen und schaute wohl wie weit die Arbeiten waren.

In der Zwischenzeit nutzte ich die Gelegenheit den Sitz meiner Koffer zu überprüfen. Vorsichtigen Schrittes bewegte ich mich dabei über den schlüpfrigen Untergrund. Meine Schuhe, die irgendwann ein mal sehr teuer gewesen waren, hatte der Schlamm schon lange mit einer dicken und schweren Schicht überzogen. Der gar bis zwei Hände unter meine Knie reichte.

Dafür war alles noch ebenso verstaut wie zu Beginn meiner Reise, dies zumindest, vermochte mich ein wenig zu trösten. Wohingegen der Blick auf meine Uhr und kurz darauf den Himmel, gegenteiliges bewirkte.

„Herr Fährmann...", rief ich und ging wieder einige Schritte in Richtung des Steges. Ich konnte die dunkle Gestalt des Mannes am Ende erkennen. Auf gleicher Höhe mit der Fähre. Doch der Schatten reagierte nicht auf meine Worte. So rief ich nochmals und verlor dabei beinahe den Halt. Rutschend und mit Glück, konnte ich gerade noch einen Sturz vermeiden. Versuchend die Hände wieder vom kalten Schlamm zu säubern, blieb ich am Ufer stehen. Abwartend und ungeduldig blickte ich hinaus auf den Fluß. Ein Frösteln befiel mich als mir die Kühle des Wassers bewußt wurde. Dann endlich, kam der Fährmann zurück.

„Wie sieht es aus?", fragte ich, zunächst noch auf den Boden schauend. Erst nach meinen Worten, erhob ich mein Gesicht mit der blassen Haut. Seine musternden, zweifelnden Blicke blieben mir keinesfalls verborgen.

„Wir werden es bald haben." Und nach einer kurzen Pause: „Zig.........Zag! Kommt verdammtnochmal her!" Rasch erschienen zwei weitere Schatten am hinteren Ende des Steges und kamen näher. Sie waren nicht viel kleiner als der Fährmann, wobei sie gemeinsam vielleicht das gleiche Gewicht aufbrachten wie er.

„Und?", fragte er grimmig als sie nah genug waren.

„Es ist geschafft, wir können aufbrechen.", sagte Zig und Zag fügte hinzu: „Alles ist soweit. Nichts wird die Reise stören!"

Dies war die beste Nachricht des Tages und ich konnte durchatmen. Fast wäre sogar ein Lächeln über meine dunklen Lippen geflammt. Doch mein Gesicht blieb dann doch kühl.

„Gut, sehr gut. Könnten Sie mir mit dem Pferd behilflich sein?", fragte ich an die beiden Matrosen gerichtet. Sicher, dass es keiner zweiten Bitte bedurfte, wandte ich mich um, schon mal das treue Pferd zu holen. Diesmal konzentrierte ich mich sehr auf jeden meiner Schritte. Eine Vorsicht die gewiss auch zu sehen war. Allerdings schlossen sich Zig und Zag erst nach einem Augenblick und womöglich auf einen Blick des Fährmanns hin, mir an. Mit kräftigen Händen ergriff Zig die Zügel und führte das Pferd auf den Steg, während Zag seinen Arm über den Sattel legte und ich hinter ihnen her ging. Ich hatte meinen Hut wieder abgenommen und fuhr mir durch die Haare. Hart aber rhythmisch trafen die Hufe auf das Holz. Zunächst hatte ich noch eine Unsicherheit des Pferdes bemerkten können, doch Zigs Griff war so fest, dass es ihm folgen mußte. Als sie auf gleicher Höhe zur Fähre waren, wandelte sich der Himmel immer mehr hin zum nächtlichen Schwarz und Kühle floß wie Nebel über die Lande bis zu uns hinunter zum Ufer. Zig betrat die Fähre und zog kräftig an den Zügeln. Doch dieses Mal mußte Zag von hinten nachhelfen. Er schob mit ebensolcher Kraft. Dabei übersahen sie eine der Stangen, die sie sicher zum Abstoßen vom Ufer benutzten und die an der Bordwand aufgestellt waren. Hart wurde einer meiner beiden Koffer, der kleinere, dagegen gedrückt.

„Bitte! – Geben Sie ein wenig mehr Acht!", rief ich daraufhin empört. Sofort blieben die Männer überrascht stehen, verwundert und fragend.

Noch immer aufgeregt, kam ich zu ihnen geeilt. In meiner Stimme klang Hast und Besorgnis mit. Ich deutete mit mahnendem Blick auf den Koffer.

„Hier drinnen befindet sich ein sehr empfindliches Instrument! Bitte seien sie das nächste Mal vorsichtiger!" Für mein Gefühl waren die Worte wohl streng, aber keinesfalls unangebracht gewesen. Doch diese Gewißheit wurde rasch schwächer, als sich die beiden Matrosen erst gegenseitig und dann den Fährmann stumm anschauten. Die Zeit schien nicht weiter zu eilen. Alles war still bis auf das Plätschern der leichten Wellen. Und ich verharrte in aufregender Ruhe, weitete meine Augen und zuckte mit geschlossenen Lippen. Dann zog Zig wieder an den Zügeln und führte das Pferd weiter. Alle kamen wir an Bord. Und das ungute Gefühl verschwand. Mein Pferd wurde am hinteren Ende an einem Eisenring festgebunden und Zig und Zag verteilten sich an die Bordwände, um die Taue zu lösen. Der Fährmann ging gemächlich ans Ruder und wartete ab bis seine Männer die Arbeit verrichtet hatten. Wohingegen ich mich nicht weit meines treuen Tieres niedersetzte. Mit dem Rücken an die Wand gelehnt, hoffte ich bald am anderen Ufer anzukommen. Hier war alles so bedrückend.

Die Enden der Taue wurden auf den Steg geworfen, die langen Stäbe ergriffen und platschend ins Wasser eingetaucht, ein sanfter Ruck durchfuhr das Boot und zusammen mit der Kraft der Strömung setzten sie es in Bewegung.

Ich blickte zurück ans Ufer, doch schon bald verschwand der Steg, das kleine Häuschen und der schlammige Weg im Dunst der Dunkelheit. Ich sah nach oben, doch keine Sterne vermochten die Wolkendecke zu durchbrechen. Sicher würde es eine finstere Nacht werden. Wir kamen weiter hinaus auf den Fluß, dort wo die Strömung stärker ist. Deutlich war zu spüren wie sich die Fähre schneller bewegte. Beruhigend tätschelte ich den Hinterlauf meines Pferdes. Erst jetzt machte sich meine Müdigkeit mit all ihrer Kraft bemerkbar. Binnen weniger Minuten sackte mein Kopf mehrere Male zurück und erst als ich das Holz der Wand berührte, blinzelten die Augen wieder auf und meine Hand rückte die Brille zurecht. Um wieder wach zu werden, stand ich, atmete tief und schaute mich um. Das andere Ufer war bereits zu erahnen, doch wie es schien hielten sie nicht geradewegs darauf zu. Verwundert ging ich zum Bug des Bootes und fragte den Fährmann.

„Verzeihen Sie.", begann ich in vorsichtigem Ton und tippte ihm auf die Schulter. Doch mußte ich vor Schreck zusammenzucken, als sich der große Mann mit einem Mal umdrehte.

„Ja?"

„Wird die Überfahrt noch lange dauern?"

„Warum warten Sie es nicht einfach ab und setzen sich wieder hin?"

Tatsächlich wußte ich nicht ganz wie am besten darauf zu reagieren war. Zweifelnd machte ich tatsächlich einen Schritt zurück.

„Sie müssen schon entschuldigen...", begann ich allerdings von neuem. „Aber es scheint mir als würden wir flußabwärts fahren."

„Setzen Sie sich!", gab der Fährmann barsch zurück. Seine Augen funkelten zornig.

„Aber..."

„Zig, Zag!"

So schnell wie die beiden Männer an meiner Seite waren, konnte ich überhaupt nicht reagieren. Ich spürte wie ihre Hände sich hart um meine Arme und Schultern legten und ich wie ein Bündel in die Luft gehoben wurde. Geradeso als gäbe es nichts leichteres. Ohne ein weiteres Wort, nur unter meinem gellenden Schrei, warfen sie mich über Bord. Und nachdem ich verzweifelt versucht hatte, vor Kälte die mich umhüllte nicht zu erstarren und panisch wieder an die Oberfläche zu gelangen, hörte ich die Männer in der Ferne noch sagen: „Es ist tatsächlich eine Geige..."

„Hey...hey... Arschloch!", hörte ich ihn noch sagen, dann wurde die Klappe für die Mahlzeiten aufgezogen, ein Schlauch hindurch gesteckt und der Hahn aufgedreht. Der Wasserdruck war so stark, dass er mich von dem Feldbett gegen die Wand drückte. Ich schrie wie wild, fuchtelte mit den Händen herum und versuchte mich gegen den Wasserstrahl zu währen – hoffnungslos!

Doch dann wachte ich auf und fand mich noch immer auf dem Feldbett liegend wieder. Ich hatte Glück. Mit dem Schlauch waren sie heute nicht gekommen. Aber alles andere war so wie in meinem Traum.

Als ich an diesem Tag erwachte, vermutlich am morgen, aber so genau kann ich das wirklich nicht sagen, war ich seit 186 Tagen eingesperrt. Eine lange Zeit in flackernder Dunkelheit, denn die Lampen über unseren Zellen wollten nicht immer so wie sie sollten. Und ja, ich war nicht allein. Auch wenn die Zellen in meiner unmittelbaren Nachbarschaft frei waren, mußten andere Gefangene in der Nähe sein. Ich hörte sie oft in der Nacht oder wenn der Schlauch zu ihnen kam.

Weshalb man mich eingesperrt hatte? – Eine einfache Frage. Aber leider auch eine, auf die ich keine sichere Antwort weiß. Denn das Weshalb war ebenso verwirrend wie das............Wie!

Es liegt bereits länger zurück. Aber ich kann mich noch gut daran erinnern, wie wir eines Nachts wegliefen. Wild auseinander stoben, über Plätze und an Brunnen vorbei, Treppen hinunter rannten. Allerdings nicht aus Angst ertappt, erwischt und gestellt zu werden, nein, vielmehr aus Spaß. Heute weiß ich, dass wir naiv waren. So sehr, dass ich es kaum glauben kann! Gerade wir, die doch so oft von der Gefahr und dem Unrecht gesprochen hatten. Aber wir waren nunmal Kinder, die nicht ahnten, wie nah sie der Wahrheit gekommen waren.

Wir, das waren damals Simiona, Hernando, Anna, Nana, Michael und ich. In dieser Nacht lachten wir und freuten uns über unsere Tat: Mit roter Farbe hatten wir die Wörter *Dieb* und *Verbrecher* auf ein Regierungsgebäude gesprüht. Jeder, so waren wir uns sicher, würde sofort wissen wer mit diesen Anschuldigungen gemeint war. Und gerade deshalb, glaubten wir die Menschen aufrütteln zu müssen. Und zu können. Um ihnen zu zeigen was geschah und wie es geschah. Dass ihr Leben, jenes das so sehr nach Freiheit und Frieden klang, in Wahrheit nur die aneinander gereihten Töne einer Flöte war, auf der nur einer und einer allein spielte. Er! Immer wieder sprachen wir von Pinochet und was er seinem Volk angetan hatte, erzählten von Müttern, die um ihre verschleppten und ermordeten Söhne trauerten, davon dass soetwas niemals wieder passieren dürfe und dass jeder einen Teil dazu beitragen konnte.

Aber wenn ich ehrlich bin, glaubte zu jener Zeit niemand von uns, dass es auch bei uns zu soetwas kommen konnte. Nun sitze ich hier und weiß es besser.

Ich weiß nicht was mit mir passieren wird. Niemand hat mit mir gesprochen oder eine Anschuldigung erhoben. Ich weiß auch nicht was sie den anderen oder meiner Mutter erzählt haben. Was ich weiß ist, dass sie eines Tages kamen.

Aber nicht zu mir nach Hause. Kein Bild einer wild zuckenden Taschenlampe, verschlafen aufblickenden Augen und gespreizten Fingern, die das Licht abhalten wollen; keine Vision von schreienden dunklen Männern in Uniformen, die mich aus meinem Bett zerren, hat sich in mein Gedächtnis eingebrannt. Sie holten mich von der Schule ab.

Wenn ich genau darüber nachdenke, wird vieles eindeutiger. Sie wußten wohl schon lange von uns und was wir alles auf die Beine stellten. Sie kannten die Flugblätter und unsere Zeitung, sie erfuhren auch sicher von den Plänen großer Demonstrationen.

In vielen Nächten meiner Gefangenschaft konnte ich nicht schlafen. Zum einen wegen der feuchten Kälte, die sich in den Ecken meiner Zelle hielt und nicht weichen wollten, zum anderen weil ich mich fragte was mit meinen Freunden geschehen war. Oder durfte ich auf einen Zufall hoffen, dass sie nur mich geholt hatten? Oh, was würden dann wohl die anderen unternehmen? – Aufgeben? – Niemals!

Manchmal sitze ich einfach so da und betrachte immer zu einen Fleck in meiner Zelle. Regungslos und für sehr lange. Meistens versuche ich mir einzureden es sei eine Art Meditation und vielleicht ist es das auch. Ich wünschte ich wäre mir sicher und könnte auf diese Fähigkeit vertrauen, denn oft hab ich einfach nur Angst dass es Stumpfsinn ist. – Schließlich wäre es nicht unwahrscheinlich, denn Kontakt zu anderen Menschen habe ich nur durch die Wärter. Zweimal täglich bekomme ich eine kleine Schüssel und einen Becher mit Wasser. Meistens ist in der Schüssel Reis oder eine Suppe. Das Wasser schmeckt seit 186 Tagen metallisch und schwer. Aber ich leere ihn jedesmal bis auf den letzten Tropfen. Naja, es dauerte ein wenig ehe ich es mir angewöhnte. Aber der Durst war schlußendlich ein zu mächtiger Lehrer.

Einmal am Tag darf ich die Toilette aufsuchen. Zwei Wärter begleiten mich dabei.

Sonst geschieht nichts und das ist die schlimmste Strafe die ich mir vorstellen kann. Aber womöglich ist meine Phantasie auch einfach inzwischen zu verkümmert.

Mein Name ist Lucio und ich bin sei 186 Tagen vollkommen allein, im Dunkeln, im Kalten, im Feuchten.
Manchmal frage ich mich auch, ob man mich inzwischen vergessen hat und wie es den anderen geht. – Ja tatsächlich hin und wieder in dieser

Reihenfolge. Und auch ob jemals jemand hiervon erfahren wird, weiß ich nicht. Ich weiß ja noch nicht mal ob ich es noch länger erfahren werde...........

Vorbei

Es fehlte nicht viel und Thomas hätte ihn einfach dort sitzen lassen. – So wie die vergangenen Stunden. Doch das Museum schloß nunmal und machte auch für ihn keine Ausnahme. Auch heute nicht.

„Entschuldigen Sie, aber wir schließen. – Würden Sie sich bitte zum nächsten Ausgang begeben?"

„Wie...?"

„Wir schließen.", wiederholte Thomas, seine rechte Hand streng an die Hose seiner Uniform legend. Gleich zu Beginn seiner Dienstzeit hatte er sich gefragt: Wohin bloß mit den Händen? Und dies war seine etwas hilflose Antwort.

„Ach so, ja. - Natürlich.", sagte der alte Mann lächelnd. Griff zur Seite und nahm seinen Hut von der Bank, setzte ihn sich auf, klatschte sich leicht auf die Schenkel und erhob sich.

„Ja, es wird Zeit."

Thomas' Gesichtszüge entspannten sich. Glücklicherweise war er nicht jeden Tag um die gleiche Zeit hier. Nicht wie der alte Herr. Schon am ersten Tag, vor zwei Wochen, war er Thomas aufgefallen. Wie er sich stets vor das gleiche Bild setzte, allein auf die kleine Bank und es genoß in stiller Ruhe zu betrachten. Ein Kollege, der ihm in den ersten Tagen helfen und den Start möglichst leicht machen sollte, hatte erzählt, dass der alte Mann bisher jeden Tag gekommen war an den er sich erinnern konnte. Egal zu welcher Jahreszeit, egal bei welchem Wetter. Stets hatte er den Tag damit verbracht das Bild zu betrachten.

Nun stand Thomas allein diesem Teil des Raumes. Die Geräusche der Besucher wurden immer leiser. Nachdenklich blickte er dem alten Mann hinterher, sah wie er langsam hinter der Biegung verschwand. Thomas' Blick wanderte zurück über den Boden. Seine linke Hand fuhr ihm grübelnd über die Wange. Oh, schon wieder Stoppeln. Es fiel ihm wieder ein. Er hatte sich doch noch neue Rasierklingen besorgen wollen.

Alle anderen Gedanken verlierend, verließ er schließlich ebenso diesen Teil des Museums. Eine halbe Stunde später herrschte Dunkelheit und das Gewand der Nacht legte sich auch über die Räume des Museums; tauchte Gemälde und Statuen in dunkle Schatten, einzig behütet von Sternen, die durch das Oberlicht hindurch lugten. Nichts geschah.

Als Thomas noch vor dem Schlafengehen die neuen Klingen ausprobierte, sich anschließend genüßlich über die geschmeidige Haut fuhr und sich freute zu seiner Freundin unter die Decke zu schlüpfen, war es genau 22.00 Uhr. Zuvor hatten sie gemeinsam einen Film im Fernsehen gesehen. Darin rechnete ein junger Mann auf recht blutige Art und Weise mit der Familie seines ehemaligen besten Freundes hab. Der Film spielte zum Ende der zwanziger Jahre im vorangegangenen Jahrhundert. Die beiden Männer waren Soldaten im ersten Weltkrieg gewesen und hatten sich dort kennengelernt. Die Tragik und Vorgeschichte war, dass einer der beiden nur durch den Druck des Vaters in die Schützengräben gedrängt worden war und jeden Tag in Frankreich verfluchte. Nur zu seiner jüngeren Schwester hielt er über Briefe Kontakt.

Als der Krieg dann ein Ende gefunden hatte, war einer der beiden zum Krüppel geworden und nahm sich daraufhin bald das Leben. Hier begann der Film und die Rache des Freundes. – Er reiste nacht Schottland um ein Versprechen, dass er sich selbst auferlegt hatte, zu erfüllen.

Simone lächelte als Thomas zu ihr ins Bett kam. Fast hatte er schon gefürchtet, sie wäre inzwischen eingeschlafen. Aber auch sie freute sich über die glatte Haut.

Am nächsten Tag, Thomas trat um 7.00 Uhr seinen Dienst an, die Besucher wurden aber erst um 8.00 Uhr hereingelassen, war der alte Mann wie immer der Erste. Ohne Hast aber zielstrebig, als ginge er vom Sofa zum Fernseher, steuerte er auf die kleine Bank vor dem Bild zu. Gelassen ließ er sich nieder, stellte einen Becher Kaffee mit Deckel links neben sich und seinen Hut rechts auf die Bank. Gemeinsam, das Bild und der Mann, bot sich Thomas ein solch beruhigender, in sich geschlossener Anblick, dass er sich um ein Haar darin verloren hätte. Leicht lächelnd wandte er sich wieder um und schritt gemächlich davon. Eine Hand streng an der rechten Seite und die andere im Nacken liegend.

Wie an den meisten Tagen, kamen auch an diesem wieder mehrere Schulklassen ins Museum. Hierfür schienen besonders Diens- und Donnerstage beliebt zu sein. Thomas freute sich aber das es bereits Donnerstag war. Auch wenn das viel Arbeit bedeutete. Irgendwann war sein Chef auf die Idee gekommen, er, der junge Kollege, solle in Zukunft doch immer die Schulklassen begleiten und dafür Sorge tragen, dass alles in Ordnung war. Womöglich glaubte er die Schüler würden vor ihm ein wenig mehr Respekt zeigen. Thomas hatte nichts dagegen und machte seine Arbeit, verbrachte seine Pause draußen im Park und ging wieder an die Arbeit. Schnell hatte sich ein Rhythmus eingestellt.

Als sich am Abend die Menschenmengen lichteten, nutzte Thomas die Gelegenheit um sich das Bild genauer anzusehen. Er wußte, dass sein Kunstverständnis trotz der alltäglichen Umgebung nicht allzu sehr geschärft war. Und doch wollte er unbedingt dahinter kommen, erfahren, worin die unheimliche Faszination für den alten Mann lag.
Das Bild zeigte eine blasse angedeutete Welt in schwarz und weiß. Konturen verliefen und wurden an anderer Stelle ungewöhnlich stark hervorgehoben. Es war schön und es gefiel Thomas. Man sah einen Berg der langgestreckt vom linken Rand des Hintergrundes nach rechts verlief. An seinem Beginn reichten Wiesen oder Weiden beinahe bis hinauf an seine Krone. An seinem rechten Ende dagegen, fielen Felswände steil, fast senkrecht ab, erhoben sich noch einmal zu einem spitzen Dorn, ehe sie jäh in die Tiefe fielen. Nach vorne, zum Betrachter hin, wogen sich wieder Wiesen und Weiden in verschiedenen grau- und schwarztönen. Der Himmel war wolkenverhangen doch nicht unfreundlich. Ganz im Vordergrund und dem Betrachter mit dem Rücken zugewandt, stand eine Gruppe von Menschen. Ebenso gebannt wie der Neugierige, blickten sie in die Ferne zum Berg hin.

Als ihm ein Kollege sachte die Hand auf die Schultern legte, und mit einem verschmitzten Grinsen sagte, dass sie bald schließen würden, war sogar schon der alte Mann verschwunden und Thomas hatte überhaupt erst gemerkt, wie viel Zeit inzwischen verstrichen war. Ungläubig drehte er sich um.

„Oh. Tut mir leid, ich hab völlig vergessen wie spät es ist."

„Macht nichts, war ruhig. – Ist ein gespenstisches Bild, nicht?", sagte der ältere Kollege und blickte nur kurz hinüber.

„Gespenstisch? – Ja, irgendwie schon.", antwortete Thomas. Doch von sich aus hätte er wohl ein anderes Wort gebraucht. Noch immer verwirrt, gingen die beiden Männer davon.

In dieser Nacht konnte Thomas nicht gut schlafen. Unruhig wälzte er sich hin und her, zog die Decke einmal bis ans Kinn, das nächste Mal stieß er sie mit den Beinen fort. Simone, die von seinen Bewegungen wieder wach geworden war, verharrte noch einen Augenblick, doch nachdem er nicht aufhörte fragte sie: „Schatz, was ist denn?" Ihr Ton klang nach Verärgerung, dabei war sie einfach nur müde.

„Es tut mir leid...aber ich kann nicht schlafen."

„Geht's Dir nicht gut?"

„Nein, nein. Ich muß nur immerzu nachdenken. Ein Bild beschäftigt mich.", antwortete er. Doch Simone, die ihre Sorge nicht bestätigt fand, war schon wieder eingenickt.

Als er am Morgen bei der Arbeit erschien, sah man noch immer die Spuren seines Grübelns. Auch eine zusätzliche Tasse Kaffee und sehr kaltes Wasser um sich das Gesicht zu waschen, konnten da nicht viel helfen. Aber das war im Moment auch nicht wichtig. Thomas war noch immer neugierig und wollte dieses Gefühl nicht noch einmal mit nach Hause nehmen. Er hatte den Entschluß gefaßt den alten Mann anzusprechen.

„Entschuldigen Sie." Merkwürdig. Es waren exakt die zwei Worte die er stets gebrauchte, doch nun klangen sie vollkommen anders. Eine Ahnung von Zurückhaltung und Schüchternheit verblieb lange in seinen Ohren.

„Ja?", sagte der alte Mann hingegen sehr freundlich.

„Darf ich mich setzen?"

„Oh, aber natürlich. Sehr gerne.", antwortete er und lächelte. Rasch nahm er Hut und Kaffeebecher beiseite. Einige Momente blieben die Beiden, der junge und der alte Mann, in stiller Ruhe sitzen. Während der alte Herr wie gewohnt auf das Bild schaute, musterte ihn Thomas. Doch vor nur Neugier und keinesfalls Argwohn. Vergleichbar des Blick der ein dreijähriger Junge, dem langen Bart eines Ziegenbocks entgegenbringt.

„Sie kommen jeden Tag hierher, nicht?"

„Ja, das stimmt." Ruhig und warm klang seine Stimme und nun blickte er Thomas an. Seine Augen waren blaß, irgendwo zwischen grau und blau, doch freundlich und warmherzig.

„Ist das nicht sehr ungewöhnlich?"

„Mag sein."

„Es hat mich sehr beschäftigt. Sie kommen nur wegen diesem Bild?"

„Ja. – Jetzt glauben Sie sicher, ich werde bald versuchen es zu stehlen." Er lächelte leise bei dem Gedanken.

„Nein, nein.", wehrte sich Thomas. „Das hatte ich bestimmt nicht im Sinn!"

„Nicht? – Wieso?"

„Emm...ich weiß nicht."

„Weil Sie glauben ich sei alt und schwach! Nun...es stimmt. Beides trifft zu. Nur in umgekehrter Reihenfolge. Ich bin vor allem schwach! Andernfalls hätte ich schon lange zugeschlagen." Er grinste so sehr, dass seine Augen kaum mehr zu sehen waren.

„Hat mich gefreut Ihre Bekanntschaft zu machen.", sagte er dann unvermittelt, hob den Hut zum Abschied und ging. Zum ersten Mal seit Thomas hier arbeitete, sah er den alten Mann frühzeitig gehen; und den jungen völlig verdutzt auf der Bank zurück lassen. Thomas wußte nicht, was er glauben sollte. Hatte er ihn tatsächlich verscheucht? Nachdenkend und immer wieder auf das Bild blickend, saß er noch über eine Stunde auf der Bank.

Die folgende war noch schlimmer als die zurückliegende Nacht. Dieses Mal ersparte Thomas Simone weitere Störungen. Er quartierte sich gleich auf dem Sessel im engen Wohnzimmer ein und wartete auf den Sonnenaufgang.

„Hallo."

„Oh Hallo.", antworte Thomas noch bevor er sich sicher darüber sein konnte, wer ihn angesprochen hatte. Früh morgens stand er an der Theke der

Information als der alte Mann an ihm vorbei ging. Schnell wandte sich Thomas um.

„Ich komme später wieder.", sagte er der freundlichen Dame und eilte seinem neuen Freund hinterher.

„Warum sind Sie gestern so plötzlich gegangen?"

„Ich hatte etwas zu tun. – Außerdem wollte ich Sie nicht länger stören." Er schmunzelte als hätte er bereits erfahren, dass Thomas im Anschluß an ihr Gespräch noch lange auf der Bank gesessen war.

„Ich habe jetzt leider nicht viel Zeit, aber könnten wir uns später nochmal unterhalten?"

„Ja sicher. Sie wissen ja wo Sie mich finden."

Den gesamten Tag über hatte Thomas in anderen Gebäudeteilen zu tun und sah weder das Bild noch den alten Herren. Allerdings verlor er deshalb das Gespräch keinesfalls aus den Augen. Er freute sich sogar darauf und als die letzte Schulklasse schließlich gegangen war und die große Uhr über den bahnhofsähnlichen Eingangstüren zeigte, dass sie noch eine halbe Stunde geöffnet sein würden, ging er zurück in seinen angestammten Raum.

„Schön Sie hier zu finden."

„War es ein anstrengender Tag?"

„Nein, das übliche. Aber ich bin trotzdem froh, dass wir noch ein wenig Zeit haben."

„Über was möchten Sie sich denn unterhalten?"

„Das Bild und Sie.", antwortete Thomas. Sie saßen wieder gemeinsam auf der Bank. Der alte Herr hatte seinen Kaffee getrunken und sein Hörnchen gegessen.

„Gut. – Wissen Sie, dass ich seit zwanzig Jahren hier her komme. – Jeden Tag?"

„Nein. – Aber weshalb?"

„Ich habe gewartet!"

„Sie warten?"

„Ja, aber nun ist es vorbei!"

„Auf was, oder wen?" Thomas blickte ihn an, als könne es darauf überhaupt keine Antwort geben. Die Zeit war schon wieder verstrichen und das Museum so gut wie leer. Eigentlich hätte auch der alte Mann längst gegangen sein sollen. Aber er blieb bei Thomas und es kam kein Kollege, der die beiden störte.

„Schauen Sie.", sagte er und wies hin zum Bild. Thomas folgte dem Finger, versuchte sich zu konzentrieren, doch er sah nichts anderes als die Tage zuvor.

„Aber...."

„Sehen sie genau hin."

Thomas versuchte noch angestrengter seinen Blick über die Oberfläche gleiten zu lassen.

„Sehen sie nicht wie es einen ruft?"

„Einen ruft?" Thomas war verwirrt. Er schaute dem alten Herrn ins Gesicht. Aber der lächelte nur. Zufrieden und entspannt.

„Ja!"

Plötzlich stand er auf. Mit langsamen Schritten, so als hätte die Zeit binnen der letzten Tage viel schnellere und größere Sprünge bewältigt, ging er, der alte Mann, auf das Bild zu. Er streckte seine Hand aus, seinen Finger und deutete direkt auf den Berg. Thomas war wie in Trance. Sein Verstand sagte ihm, dass niemand die Absperrung, das Band getragen von zwei hüfthohen Säulen, überwinden dürfe oder gar das Kunstwerk berühren. Aber das Gefühl verriet, dass er nicht im Stande war es zu verhindern. Und dann berührte der ausgestreckte Finger das Glas des

Schaukastens. Doch kein Alarm erklang und auch kein Warnsignal. Etwas viel phantastischeres geschah. Der Finger des alten Mannes drang durch das Glas und in das Gemälde ein. – Immer tiefer verschwand er, schließlich die Hand, der Arm und der komplette Körper.

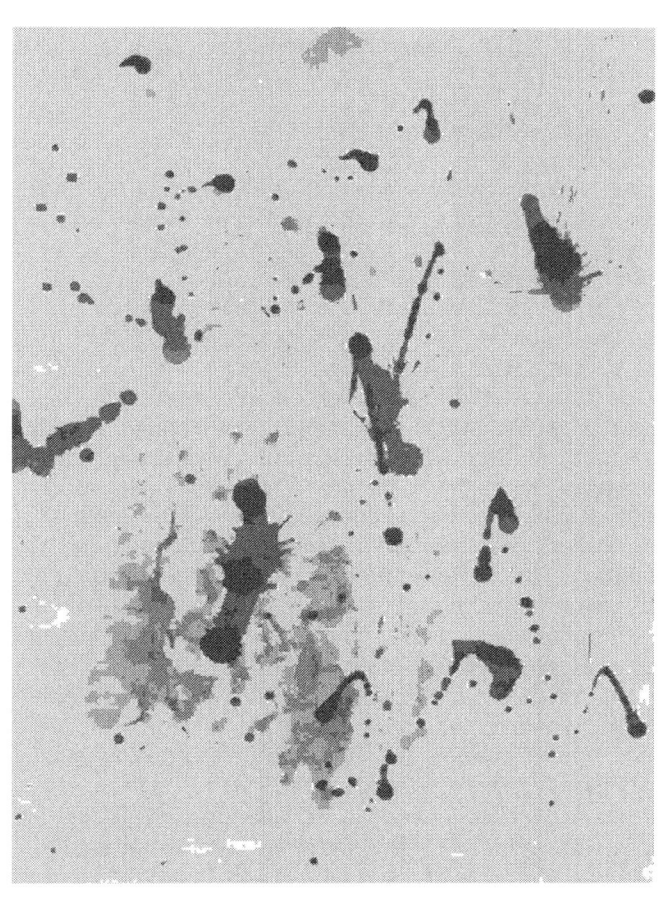

Donny & Simon

„Verdammt Simon, bist du bescheuert?"

„Aber Boß?"

„Ach hör mir auf! – Willst du mir wirklich sagen, dass der kaputte Donny gerade in meiner Tiefkühltruhe liegt?"

Allen lief ein eisiger Schauer über den Rücken. Darauf, ihren Chef sauer und in Fahrt zu sehen, war niemand scharf. Um so schlimmer wenn einer von ihnen Schuld daran hatte.

„Es tut mir wirklich leid, aber was sollte ich tun? Hätte der Mistkerl nicht zuerst die scheiß Knarre gezogen, hätten Ed und ich die Sache auch viel sauberer erledigen können. Es war Notwehr!", verteidigte sich Simon. Zusammen mit Ed hatten sie die Pokerrunde des Bosses stören müssen. - Eine elitäre Gruppe von einer Handvoll Leuten, die zusammen mächtiger waren als der Premier Minister und mindestens ebenso viele Leichen im Keller hatten. Dass tatsächlich ein Kalter nur ein paar Meter von ihnen in einer Kühltruhe lag und noch viel kälter wurde, war aber auch für sie ein ziemliches Problem. Vor allem da die Polizei durch die Schießerei ziemlich früh, ziemlich viel erfahren hatte.

„Ach.", schrie Douglas wütend und ließ seine Spielchips über den Tisch fliegen. Solche Nachrichten konnten ihm wirklich die Laune und den gesamten Abend vermiesen.

„Immerhin konnten wir abhauen bevor die Bullen da waren.", fügte Ed, der sonst nicht viel redete und gut daran tat, hinzu.

„Hey Ed, das will ich auch hoffen. Wäre es anders – könntest du dich gleich zu Donny legen!" Das reichte um den ziemlich mächtig aussehenden Ed wie ein kleines Hündchen in die Ecke zu schicken. Unter dem starren Blick gefror ihm schon jetzt das Blut in den Adern.

„Keine Sorge, Boss. Die waren noch meilenweit entfernt. Das ist sicher!", versuchte Simon die Wogen wieder zu glätten. Aber noch immer hielt sich eine ungeheure Anspannung im Raum und eine weitere rasche Bewegung von Douglas, er ließ die tief herunter gezogene Lampe fast an die Decke schlagen, war nötig um zur Ruhe zu kommen. Während die Lampe hin und her schwang, sich Licht und Schatten über dem Pokertisch und den Gesichtern abwechselten, blickten die meisten still vor sich hin. Besonders Ed und Simon waren bemüht ihrem Boss nicht noch einen weiteren Grund für einen Wutausbruch zu liefern. Die anderen vier am Tisch, konnten der Sache wesentlich entspannter beiwohnen. Doch auch sie sparten sich die sonst üblichen, bissigen Kommentare.

„Ok.", begann Douglas wesentlich ruhiger, griff sich an die Schläfen und begann mit leicht gesenktem Kopf durch den Raum zu gehen.

„Wohin mit dem Drecksack... Wohin? – Sam?" Die Frage war an einen der vier am Tisch gerichtet.

„Emm, - wir könnten ihn vorerst ins Silo stecken. Das gäbe uns Zeit."

Mit Silo meinte Sam tatsächlich ein Silo im herkömmlichen Sinne. Douglas arbeitete auch mit mehreren legalen Unternehmungen. Darunter befand sich auch ein großer futtermittelproduzierender Betrieb. Der Nachteil war, dass dieser einige Meilen entfernt und außerhalb lag. Zudem waren die Kontrollen in Folge des BSE Skandals tatsächlich schärfer geworden und der Betrieb war zeitweise nicht mehr als Entsorgungsstation zu gebrauchen gewesen.

„Ich weiß nicht. – Gibt's andere Vorschläge?" Sein Blick schweifte durch den Raum. Doch keiner konnte ihm lange standhalten oder ihm einen besseren Vorschlag unterbreiten. Keiner bis auf Simon. Vorsichtig, als müsse er sich vortasten, um zunächst die Lage zu testen.

„Vielleicht..." Schon hatte er viel mehr Aufmerksamkeit, als er sich eigentlich gewünscht hatte. Doch nun gab es kein Zurück mehr. Er mußte mit seiner Idee herausrücken.

„...ja es könnte sein..."

„Ja?"

„...mein Cousin Albert schuldet mir noch einen Gefallen. Ich hab ihm vor zwei Jahren mal eine ziemliche Menge Geld geliehen..."

„Bitte, nicht allzu viele Einzelheiten, wenn es irgendwie geht, Simon!"

„Naja, er arbeitet auf der Mülldeponie. Fährt dort diese riesen Bulldozer um den ganzen Scheiß zu verdrücken."

„Oh." Binnen einer Sekunde hatte sich die Laune des Bosses vollkommen gewandelt. Er zog die Augenbrauen hoch, schloß den Mund, erhob fast wie ein Geistlicher die flachen Hände und blickte in die Runde.

„Hey hey, Simon. Das sind ja richtig gute Neuigkeiten. Warum rückst Du erst jetzt damit raus. – Komm erzähl mal."

„Ich dachte mir, Albert kennt sicher eine Stelle, die gleich morgen mit zig Tonnen Müll bedeckt ist. Wenn wir ihn da vergraben, findet ihn in hundert Jahren niemand."

„Ja! Nicht zu vergessen, dass so eine Deponie im günstigsten Fall wirkt wie ein gigantischer Komposthaufen.", warf Sam ein, der von dieser Idee schon jetzt restlos begeistert war. Allerdings nicht nur da ihm die Sorgen von Douglas Kopfschmerzen bereiteten. Bei seinem Silovorschlag wäre wohl ihm persönlich das zweifelhafte Vergnügen zu Teil geworden, den kaputten Donny im Silo zu versenken.

„Also gut. Ihr packt ihn in deinen Kombi und regelt die Sache mit deinem Cousin. – Es ist eure Leiche, also auch euer Ding. Kapiert. Wenn es schief läuft...", er machte eine kurze Pause. „Haltet euch an Sam." Und damit war die Sache für den Boss erledigt. Widerworte gab es schon aus reinem Selbstschutz keine. Douglas verließ den Raum, Pokerpartie und Unterredung waren beendet. Die vier am Tisch nahmen den gleichen Weg wie Douglas. Sam gab Simon noch rasch seine Karte, ehe er ebenso verschwand. Danach waren Ed und Simon allein, schauten sich an und verloren schließlich keine Zeit mehr.

„Komm schon."

Sie gingen in den Nebenraum, öffneten die zwei Meter lange Kühltruhe, räumten ein halbes Dutzend gefrorene Enten beiseite und versuchten Donny aus seinem kalten Grab zu heben. Keine leichte Aufgabe denn er war zu Lebzeiten leider ein zwei Zentner Bursche gewesen und innerhalb der paar Stunden seit seinem Ableben, hatte sich davon nicht viel verflüchtigt. Obendrein waren die beiden Müllsäcke, in die ihn Ed und Simon gepackt hatten, verdammt rutschig.

„Was für ein scheiß Job!", fluchte Ed als ihm das Ende mit Donny' Beinen aus den Händen glitt und auf den Boden sackte.

„Hör gefälligst auf dich zu beschweren und pack an. Ich will das hinter mich bringen.", schnauzte Simon und machte sich an, rückwärts hinaus in den engen Hinterhof zu gehen. Dunkle Wolken hingen über der Stadt. Durch den Regen der letzten Nacht waren die Straßen noch feucht und die Luft war kalt. Es roch nach Winter. Neben den Mülltonnen stand Simon' alter Ford Kombi. Genau das passende um seinen Müll auf die Kippe zu fahren. Sie lehnten das Bündel gegen die Ziegelsteinwand, Ed achtete darauf, dass es nicht umfiel und Simon öffnete rasch die Heckklappe. Vorsorglich hatte er bereits vor der Hinfahrt eine Plane hinter den Rücksitzen ausgebreitet. Wie ein Nest empfing sie Donny. Merklich senkte sich die Kofferraumkante als sie den Kalten versorgt hatten und die Heckklappe wieder schlossen. Schnell gingen sie nach vorne, stiegen ein und fuhren los.

Zielsicher nahm Simon den Weg in Richtung Deponie. Es war Montag und er rechnete nicht mit allzu viel Verkehr. Ein kleiner Stau war im Moment ein ziemlich großer Schrecken. Doch sie sollten Glück haben und gut durchkommen. Als sich die Häuserfronten lichteten, sie immer weiter hinaus kamen und schließlich auch alle Industriegebiete hinter sich ließen, waren sie hoffnungsvoll ihren Plan zu einem guten Ende bringen zu können.
Dann bogen sie auf eine kleinere Straße ab. Hätten sie die Fenster offen gehabt, wäre ihnen womöglich schon jetzt die Nähe zur Müllkippe aufgefallen und auch die Schwärme von Möwen, Raben und vereinzelt sogar Bussarden halb links wäre ein wichtiges Indiz gewesen, doch Simon konzentrierte sich lieber darauf was er seinem Cousin erzählen

würde. Die Wahrheit? – Das konnte sehr ins Auge gehen. Seines Wissens war Albert ein wirklich rechtschaffener Bürger und auch wenn der wohl ahnte, dass Simon in die eine oder andere Schwierigkeit verwickelt war, konnte er einen Mord sicher nicht akzeptieren. Was gab es also für Möglichkeiten?

Albert wir haben da ein bißchen Sondermüll, Teppichböden, Farbreste und dergleichen und wollen nicht unbedingt ein Vermögen für die Entsorgung bezahlen, - was meinst du, kannst du uns ein wenig helfen? – Naja, das hörte sich ganz annehmbar an, war im Grunde jedoch überhaupt nicht zu gebrauchen. Simon mußte sich schon etwas besseres einfallen lassen. Grübelnd umklammerte er das Lenkrad, als sie die ersten Müllberge vor sich sahen. Einem sonderbaren Gebirge gleich, das so schnell wuchs, dass selbst der Himalaja vor Neid erblassen würde, zeichnete sich am Horizont. Dabei war es schon eher eine Hochebene. Aber was machte das schon?

Rumpelnd verließ der Ford Granada die asphaltierte Straße. Ein Maschendrahtzaun mit Tor und kleinem Wärterhäuschen, das jedoch verweist war, empfing sie. Langsam fuhren sie weiter. Überall fuhren die mächtigen Maschinen über die Müllebene. Radlader und Bulldozer schoben die Fracht der Müllautos zusammen, verteilten und glätteten sie. Schwärme hungriger Vögel schwirrten um sie herum und durch den dunklen Dieselqualm. Fast wirkte es wie eine urzeitliche Szenerie, metallene riesige Geschöpfe die von kleinen umgeben wurden, da sie auf einen Leckerbissen hofften. Der Gestank war atemberaubend und allein der Gedanke an einen Leckerbissen drehte den beiden den Magen um. Aber schließlich hatten sie etwas zu tun. Noch auf wirklicher Erde, ehe sie vom Müll abgelöst wurde, standen einige blaue Container mit Fenstern und Türen die einerseits als Toiletten, aber auch als Büros der Verwaltung dienten. Von den Neuankömmlingen ahnte es niemand, doch waren die blauen Gebäude auf Zeit, binnen der letzten Jahre um sage und schreibe fünfzig Höhenmeter dem Himmel näher gekommen. Absolut beeindruckend!

Sie hielten an und Simon mußte es auf sich nehmen auszusteigen.

„Hallo!" Rief er einem Mann zu, der nicht danach aussah, als würde ihm seine Arbeit große Freude bereiten. Tatsächlich hatte er hier das Sagen.

„Ja?"

„Ich bin auf der Suche nach Albert Norris."

„Norris?"

„Ja."

„Der arbeitet heute in der Spätschicht. Versuchen sie's in fünf Stunden nochmal.", antwortete der Vorarbeiter schroff, nahm sein Klemmbrett und verzog sich wieder in einen der blauen Container. Enttäuscht ging Simon zurück zum Wagen und stieg ein.

„Und?", fragte Ed dick in seine Jacke eingepackt und schaute zu Simon herüber.

„Er ist nicht da. Hat heute Spätschicht. – Verdammt."

„Na dann laß uns schleunigst hier verschwinden. Ich werde den Gestank sonst nie mehr aus meinen Klamotten bekommen."

„Und sonst hast du keine Sorgen?"

Simon startete den Motor, schlug die Lenkung voll ein und fuhr los. Eine Staubwolke kündete noch Sekunden nach ihrem Abschied vom Ärger des Fahrers. Wieder waren sie unter Zugzwang.

Verdammt, warum hatte Albert auch seine Schicht getauscht. Nur um am Montag länger schlafen zu können? – Dieser verdammte Faulpelz, dachte sich Simon und trat das Gaspedal bis ans Bodenblech. Nun gut, dann würden sie ihm eben zu Hause einen Besuch abstatten müssen.

Albert wohnte in einem typischen Haus, in einer typischen Straße, irgendwo in einem typischen englischen Vorörtchen. All das war so typisch, dass Simon statt einer halben ungefähr zwei Stunden brauchte um Alberts Heim zu finden. Dann allerdings mußte er zugeben, dass sein Cousin ganz anständig für jemanden wohnte, der sein Geld damit verdiente mit einer großen dicken Maschine auf Bergen von Müll herumzufahren. Als sie ein wenig abseits vor Alberts Haus anhielten und den Wagen abstellten, hatte es angefangen zu regnen. Ohne zu zögern griff Simon unter den Fahrersitz und holte ein handliches Brecheisen hervor. – Ein wichtiges Argument beim täglichen Kampf um die seltenen Parklücken. Allerdings mußte es nun für eine andere Aufgabe herhalten. Simon blutete schon jetzt das Herz, doch ein Blick zu Ed genügte um sich seiner Unterstützung sicher zu sein. Harte Zeiten erforderten eben harte Kerle mit noch viel härteren Brecheisen. Gemeinsam stiegen sie aus. Die Straße war grau und der Regen kam schon schräg von vorne. Niemand war zu sehen. Simon kam zu Ed auf die linke Seite. Still blieben sie stehen. Mit der rechten hielt Simon das Brecheisen an sein Hosenbein. Ed hatte die Hände wie in stiller Trauer, oder einer Fußballmauer beim Freistoß, vor seinem Schritt gefaltet. Seine breiten Schultern kamen bestens zur Geltung. In dieser Haltung verharrten die Beiden ganze fünf Minuten, so daß ihnen schon die Regentropfen an den Haarsträhnen hinunter liefen. Dann, ohne ein ersichtliches Zeichen, wandte sich Simon um hundertachtzig Grad, bedeutete Ed ein wenig zur Seite zu gehen und holte schwungvoll mit dem Brecheisen aus. Als es sein Ziel erreichte, schmerzte es Simon mindestens ebenso wie das Blech seines Granada, aber es war nun mal notwendig gewesen.

„Weshalb...?", wollte Ed gerade ansetzen, als ihn ein grimmiger Blick von Simon einbremste. Sein Partner war im Moment nicht aufgelegt für lange Erklärungen. Also schwieg Ed und wartete einfach der Dinge die noch kommen würden. Simon überprüfte nochmals die tiefe Delle in Kotflügel und Motorhaube und verstaute dann das Brecheisen wieder unter dem Fahrersitz. Anschließend ging er den Gehsteig entlang hin zu Alberts Haus. Ed folgte mit einigen Schritten Abstand.

„Simon?"

Albert hätte nur schwer einen erstaunteren Anblick geben können. In Jogginganzug und mit zerzausten Haaren, stand er in seiner Eingangstür und blickte verdutzt auf die durchnäßten Männer.

„Hallo Albert. – Ich hoffe wir stören nicht."

„Emm, nein. Nicht direkt."

„Danke, es dauert auch nicht lange.", entgegnete Simon und ließ sich selbst herein. Er wußte noch immer wie man mit Albert am Besten verhandelte. Ein Überfall hielt er für die erfolgsversprechenste Variante. Schon im Hausgang kam er zur Sache.

„Albert, wir brauchen deine Hilfe."

„Ja?"

„Ich hab gestern Nacht Blödsinn gemacht und sitze jetzt ziemlich tief in der Scheiße!"

Ed' Augen weiteten sich bereits unter einer bösen Vorahnung. War Simon tatsächlich verrückt geworden so wie er es ihm ständig prognostiziert hatte?- Hatte er vergessen das Bißchen Verstand, das er besaß, auch zu benutzen so wie Douglas immer befürchtet hatte?

„Was ist denn los?", wollte Albert wissen. Etwas in Simon' Augen verriet ihm, dass es ernst war und die Familie zusammenhalten mußte.

„Ich hab ein verdammtes Schwein angefahren."

„Was?" Nicht nur Albert war überrascht.

„Ja, wen ich es Dir sage. Dabei hatte ich noch Glück."

„Ein Schwein?"

„Ja, so ein wildes...."

„Und?"

„Na, es ist tot verdammt und hat mir mein Auto demoliert. Aber ich will nicht drauf rumreiten. War ja meine Schuld."

Albert versuchte seine Gedanken zu ordnen. Gut, sein Cousin hatte einen Wildunfall gehabt. Das war ärgerlich, kam aber eben vor. Wie sollte er da helfen?

„Und was kann ich tun?", fragte er gutmütig und neugierig.

„Na, ich hab Fahrerflucht begangen und habe jetzt zwei Zentner Schwein im Kofferraum."

„Oh!"

„Ja...und da Du doch auf der Müllhalde arbeitest, dachte ich mir..."

Jetzt begriff Albert endlich: „Ich weiß nicht...das ist ungesetzlich. Ich kann in Teufelsküche kommen, wenn man das rausbekommt."

„Albert, hey... Las mich bitte nicht hängen. Ich verliere meine Pappe wenn man mich erwischt. Das merkt doch keiner! – Wie auch." Simon legte den flehendsten Blick auf, den seine Mimik zu bieten hatte, schaute mit den treuesten Augen und hoffte auf sein Glück.

„Bitte."

Albert schien zu überlegen. Das Risiko und die Folgen gegeneinander abzuwägen, zupfte sich immer wieder an der Unterlippe herum und atmete schwer.

„Cousin..."

„Ok, ok. Ich mach's. Aber nicht, dass mir das zur Gewohnheit wird! Klar?"

„Natürlich nicht. Hey, ist wirklich stark von dir, werde ich dir nicht vergessen, ganz sicher nicht!", versprach Simon.

„Ist schon gut. Komm heute abend, sagen wir gegen neun Uhr, zur Müllkippe. Dann ist es dunkel und nicht mehr soviel los."

„Ja, mach ich. Ich werde pünktlich sein. – Danke Albert. Danke."

Der Cousin nickte versöhnlich, lächelte unter seinem schwarzen Augenbrauen und verabschiedete sich.

„Wir sehen uns um neun."

Zwar hielt es Ed für unnötig etwas zu Simon' List zu sagen, aber hätte er es getan, wäre sicher ein großes Lob dabei herumgekommen. Beachtete man die Kürze in der Simon improvisiert hatte, war es tatsächlich recht beeindruckend gewesen und hatte Ed zudem das wohlige Gefühl von Hoffnung und Vertrauen beschert. In wenigen Stunden würde Douglas mit ihnen zufrieden sein und die Bullen hatten keine Ahnung. Albert sowieso nicht.

Trotzdem war das Warten mühsam. Schnell einigten sich die beiden darauf, dass es Blödsinn war schon jetzt zur Mülldeponie aufzubrechen, aber auch vor Alberts Haus zu warten erschien ihnen ziemlich schwachsinnig. Der goldene Mittelweg, hatte in ihrem Fall weniger mit dem Buddhismus als mit einer Raststätte am Rande der Landstraße zu tun. Sie gönnten sich ein recht ansprechendes Menü bestehend aus einer Coke, Fish & Chips sowie einem leckeren Milchshake. So verflog die Zeit dann doch recht schnell und gegen 8.30 abends machten sie sich wieder auf den Weg. Das in ihrem Wagen, der seelenruhig vor der Raststätte geparkt war, eine Leiche eingewickelt in Plastiksäcke, immer mehr Gemeinsamkeiten mit seiner zukünftigen Ruhestätte hatte, war ihnen vollkommen entfallen. Doch vielleicht war das ihre Rettung, denn so konnten sie schon nicht durch überhastete und nervöse Aktionen Aufmerksamkeit auf sich ziehen.

Die Sonne war lange untergegangen und der Regen hatte ein wenig nachgelassen, kam nun direkt von oben, als die Scheinwerfer des Ford auf die blauen Container gerichtet wurden. Direkt vor dem erleuchteten Glas konnte man die einzelnen Regentropfen bestens erkennen. Draußen auf der Deponie, hatte sich tatsächlich soetwas wie nächtliche Ruhe eingestellt. Kein Lkw war zu sehen, der neuen Müll brachte und auch die Vögelschwärme waren verschwunden. Selbst der Gestank hatte etwas abgenommen. Oder war es nur die kühlere Nachtluft, die ihn rascher davontrieb? – Im Grunde war es vollkommen egal. Ed und Simon stiegen aus, zogen sich die Kragen ihrer Jacken in den Nacken und warteten auf Albert. Noch war er nicht auszumachen doch irgendwo mußte einer dieser Bulldozer oder Radlader seine Runden drehen. Das Grollen des Dieselmotors wurde immer lauter, fast wie ein aufkommendes Gewitter und dann flammten plötzlich der Schweif der Scheinwerfer auf und das gelbe, in der Dunkelheit allerdings grau gewordene Ungetüm, zeigte sich von links, hinter einem frischen Müllberg hervorkommend. Es war ein Bulldozer und die Ketten hatten keine Schwierigkeiten mit dem Untergrund. In erstaunlicher Geschwindigkeit und unter lautem Rattern, kam es auf Ed und Simon zu. Die Scheinwerfer des Wagens zeigten, dass es Albert war. Die beiden Wartenden konnten durchatmen. Etwa fünf Meter vor dem Wagen stoppte das Ungetüm. Die Drehzahl veränderte sich als Albert aus dem Führerhaus ausstieg und mit einem Sprung zu ihnen kam.

„Hallo Jungs – hab ich euch erschreckt?", frage Albert lächelnd. Er schien richtigen Spaß zu haben und der Regen machte ihm wohl überhaupt nichts aus. Ganz im Gegenteil. Er hielt den Gestank am Boden, aber das wußten nur wenige.

„Ein wenig.", sagte Ed und schaut an Albert vorbei, hinüber zu dessen Arbeitsgerät.

„Nicht schlecht, hmmm?"

„Ja. Ziemlich mächtig!"

„Kommt schon Jungs, ihr könnt später eure Telefonnummern austauschen. Ich möchte das möglichst hinter mich bringen.", sagte Simon genervt und verdrehte die Augen. Schade nur, dass es in der Dunkelheit niemand sehen konnte. Er ging zum Heck des Kombis und öffnete die Heckklappe. Zusammen mit den anderen beiden trugen sie das große Päckchen hinüber zur Raupe.

„Mein Gott was ist das für ein Schwein.", bemerkte Albert, der ein verdächtiges Knacken beim ersten Anheben, irgendwo in seinem Lendenwirbelbereich ausgemacht hatte.

„Ein fettes!", entgegnete Ed gutgelaunt und die drei lachten angestrengt als sie Donny mit einem letzten Kraftakt in die Schaufel fallen ließen.

„So!", meinte Albert. „Das hätten wir". Und klopfte sich aus Gewohnheit die behandschuten Hände aneinander ab. Er kletterte zurück in sein Fahrerhaus. Simon folgte ihm, hielt sich am Haltegriff an der Fahrertür fest und bedeutete Ed, er solle auf ihn warten. Der Motor grollte auf, eine Rauchfahne noch finsterer als die Nacht, wurde in selbige gepustet und die mächtigen Ketten bewegten sich. Mit einer ungeahnten Wenigkeit drehte sich der Bulldozer um die eigene Achse und verschwand in etwa in die gleiche Richtung aus der er gekommen war. Sie fuhren zwei drei Minuten, bis sie vor sich eine etwa fünf Meter tiefe Grube erreicht hatten. Die Scheinwerferpaare rechts und links des Führerhauses zeigten, dass hier Platz genug für ungefähr drei bis vier LKW-Ladungen Müll war. Praktischerweise hatte Albert schon einen kleinen Hügel am Rande der Grube angehäuft.

„So. Du kannst dich von deinem Schwein verabschieden.", meinte er zu Simon und ließ die Schaufel des Bulldozers so hoch wie möglich in den Himmel ragen. Simon lächelte, tippte sich zum Gruße leicht an die Stirn und genoß den Augenblick, als das dunkle Päckchen in die Grube fiel. In der Rückwärtsbewegung senkte Albert wieder die Schaufel bis fast auf den Grund, fuhr leicht zur Seite und begann damit den Hügel in die Grube zu schieben. Wieder donnerten die Diesel-PS los als der Widerstand größer wurde, aber letztlich war es ein leichtes Spiel. Am Ende verdichtete der Bulldozer den Untergrund allein durch sein Gewicht. – Donny war versorgt.

Invisible Mind

Seitdem die Große Dunkelheit über die Welt gekommen war, hielt sich die Nacht auch tagsüber in den Häuserschluchten. Nur ein dämmriges Licht, flackernd und unwirklich, zeigte sich morgens am Horizont. Sonst herrschte tiefe Schwärze.

Doch die Menschen versuchten damit umzugehen. Das Leben hatte sich in die Städte zurückgezogen und dadurch wenige unüberschaubare Metropolen geschaffen. Aber wo immer sich das Leben verkroch, darauf bedacht die Hoffnung auf ein baldiges Ende der Finsternis zu wahren, erschienen Kräfte um das Leid für ihre Zwecke auszunutzen. Es war das Jahr 2039 und nicht alle Menschen waren Jäger.

Panisch drehte sich Mathew um. Ein Summen, gleichmäßig in seiner Frequenz doch anschwellend in seiner Lautstärke, hatte seine Aufmerksamkeit erweckt. Doch dann ging alles so schnell, dass er keinen klaren Gedanken fassen konnte. Nur an eines klammerte er sich wie wild: Weg! Nichts wie weg!

Die Luft vibrierte und Mathew' Augen weiteten sich, als die blauen Lichter der SUCHER-Kanzel hinter dem Häuserblock hervortraten. In der tiefen Dunkelheit waren sie beinahe das einzige was man von der Maschine erkennen konnte. Doch Mathew wußte, dass ihn der Greifer schon ins Visier genommen hatte. Es gab nur eine Rettung. Sein Puls raste und das Adrenalin wurde in wahnsinniger Geschwindigkeit bis in die kleinste Ader seines Körpers gepumpt. Hals über Kopf versuchte er Zuflucht zu finden, doch der SUCHER war schon dicht hinter ihm. Er hörte das Geräusch der Turbinen und wie sie umschwenkten, sobald er abrupt die Richtung wechselte. Im Cockpit der spindelförmigen Maschine, verfolgte der Pilot, mit seinem im Helm integrierten Infrarot-Gerät, die Bewegungen des Opfers.

Mathew wandte sich immer wieder um, er keuchte und hustete und verlor beinahe den Halt als er durch eine Pfütze rannte. Wo sollte er nur hin? Seine Augen rasten, aber konnten sich nicht wirklich konzentrieren. Überall hielt sich die Feuchtigkeit und der Gestank von brackigem Wasser. Fast schien es, als lähme er seine Gedanken. Aber er mußte weiter und weg von der breiten Straße. Nur in engen Gassen konnte man zu Fuß dem SUCHER entkommen. Mathew warf sich hinter eine Häuserecke. Der Puls schien ihm jeden Moment das Trommelfell zu sprengen. Er atmete abwechselnd durch Nase und Mund. Für einen Augenblick verharrte er reglos. Womöglich hatte er ja Glück? Nach zwanzig Sekunden mußte er merken, dass dem nicht so war. Der Pilot stoppte zwar für kurze Zeit in der Luft, schwenkte nach links und rechts, hatte ihn aber gleich darauf wieder gefunden. Verdammt! Warum waren um diese Zeit nicht mehr Menschen auf den Straßen? Mathew rannte weiter. Stechende Schmerzen machten sich daran ihm die Luft zum Atmen zu rauben. Hätte er Zeit gehabt, hätte er sich übergeben. Aber es blieb ihm keine Zeit. Panisch blickten seine Augen nach vorne. In zweihundert Metern Entfernung schien tatsächlich eine Gasse nach links abzuzweigen. Zweihundert Meter! Er blickte zurück. Mit einem waghalsigen Manöver steuerte der Pilot den SURCHER durch eine rechteckige Häuserzeile. Nun hatte er Mathew direkt vor sich. Der Junge rannte um sein Leben, riß den Mund auf, versuchte alles um mehr Luft zu bekommen. Wild wedelten seine Arme umher. Die

Zeit schien noch langsamer zu vergehen als der Weg den er zurücklegte. Er wagte nicht sich umzusehen. Fast schien es als könne er direkt in das blaue Cockpit, ja - in die Augen des Piloten, sehen. Er hörte eine hydraulische Bewegung. – Der Arm wurde schon ausgefahren. Nicht mehr lange und er...im letzten Moment warf sich Mathew in die Seitengasse. Brausend raste der SUCHER vorbei. Den Greifer bereits voll ausgefahren.

Im Dreck einer Wasserlache liegend, keuchte und prustete der Junge. Ihm war als wäre sein Körper kurz davor Innereien hochzuwürgen. Aber er hatte es geschafft! Er war entkommen! Trotz der Schmerzen und des Schocks, formten sich die vom Pfützenwasser feucht gewordenen Lippen zu einem Lächeln, als er wieder aufschaute. – Und eine Wand vor sich sah! Die Gasse war keine drei Meter tief! Er stand auf, fassungslos stand er da. Mit ausgestreckten Armen, unfähig noch etwas zu tun. Schon hörte er den SURCHER drehen. Die Turbinen richteten sich gen Boden und machten so den senkrechten Steig- und Sinkflug möglich. Gemächlich, als wisse es um seinen Vorteil, schob sich das Fluggerät wie ein häßlicher Käfer vor die Gasse, drehte sich und blendete Mathew mit den Scheinwerfern. Er war verloren. Nichts half ihm noch. Auch die Schüsse aus seiner automatischen Feuerwaffe, - das gesamte Magazin und ein gellender Schrei, verhinderten nicht, dass ihn der Greifer packte und ihn der SURCHER davontrug.

Keuchend und nach Atem ringend erschien Tom in einer dunklen staubigen Halle. Sie war sehr niedrig und provisorisch angebrachte Scheinwerfer konnten nur teilweise für gute Sicht sorgen. Planen und Vorhänge unterteilten sie in einzelne Segmente. Es gab auch Mauern und Zäune, aber keine Türen. Hier lebten jene, die es nicht in die oberen Etagen geschafft hatten. Tagsüber, wenn es draußen noch halbwegs friedlich war, arbeiteten sie als ganz normale Menschen in ganz normalen Berufen. Auch in den oben in den Häusern. Doch nachts war dies hier ihre Welt und einziger Zufluchtsort.

Langsam schob Tom einen Vorhang beiseite und ließ sich auf einen alten Sessel nieder. Die anderen schauten ahnungslos zu ihm herüber.

„Sie haben Mathew geholt." Seine Worte klangen kalt und starr. Fast so als könne er selbst noch nicht daran glauben. Doch die anderen wußten, dass es keine Lüge war. Zu viele hatten sie schon wegen der gleichen Art verloren.

„Verflucht!", schrie irgend jemand aus einer Ecke. Ein oder zwei Frauen fingen an zu weinen. Vielleicht hatten auch sie Mathew gekannt. Aber wahrscheinlicher war, dass es sie einfach nur wieder daran erinnerte wie jemand ihrer Familie geholt worden war.

Mit hastigen Bewegungen und einem wehenden weißen Kittel, lief ein Techniker von Tender Industries durch die gesicherten Gänge des Hauptlabors der Abteilung Industrial Controled Imagination, kurz ICI genannt. Vor einer der, durch Netzhautscan, Codekarte und Paßwort gesicherten Türen, blieb er stehen, brachte das gesamte Prozedere hinter sich und trat ein. Zwei Räume weiter war eine ganze Gruppe Gleichgekleideter damit beschäftigt die

Systeme zu überprüfen. Denn es hatte Beschwerden über mangelnde Qualität gegeben.

„Dr. Su!" Offensichtlich waren die meisten überrascht einen Mann seines Ranges im Labor persönlich anzutreffen. Seine Mine war grimmig und seine Worte harsch als er sagte: „Simmons. Wie sieht es aus?"

„Sir. – Es freut mich..."

„Wie sieht es aus?", wiederholte Su.

„Bestens. Wirklich. Wir haben alles wieder und wieder überprüft und keine Fehler gefunden.", versicherte Simmons und verwies auf eine ganze Reihe von Bildschirmen die Werte verschiedenster Indikatoren, graphisch darstellten. Su schaute sie sich genau an. Dann ließ er seinen Blick nach rechts schweifen. Die gesamte rechte Seite des Kontrollraumes hatte eine verstärkte Glasfront und Su' zweifelndes Gesicht spiegelte sich darin. Dahinter befand sich ein Raum in dem künstliche Schwerelosigkeit herrschte. Mathew, dem man den Kopf rasiert hatte, schwebte in der Mitte des Raumes und war durch eine Vielzahl von Kontakten, Anschlüssen und hauchdünnen Glasfaserleitungen mit dem Zentralcomputer verbunden. Der wiederum den Kontrollraum mit den notwendigen Daten versorgte.

„Warum mußten wir dann diese unrühmlichen Qualitätsschwankungen hinnehmen? Und das gerade bei unseren wichtigsten Kunden?" Etwas das mehr verursachte als Eiseskälte, lag in Su' Blick als er Simmon starr anvisierte.

„Ich kann es mir nur dadurch erklären, Sir, dass es an den Spendern lag. Womöglich eine neue zellschädigende Droge.", erklärte Simmons mit brüchiger Stimme und kalten Händen.

Su' Blick wurde ein wenig erträglicher.

„Und was ist mit der Zerstörung der Spenderhirne noch während der Datenübertragung?"

„Leider kann ich Ihnen nur die gleiche Antwort geben Sir. Von unserer Seite sind keine Fehler oder Unregelmäßigkeiten festzustellen gewesen. Alles lief so wie gewöhnlich auch. – Vielleicht sollten Sie mit der Gesundheitsprüfung sprechen." Simmons machte unbewußt einen kleinen Schritt zurück. Was hatte er getan? – Ritt ihn der Teufel? Er rechnete schon mit dem schlimmsten und fand nicht den Mut Dr. Su in die Augen zu blicken. Doch dieser gab sich gnädig, dieses Mal, und beließ es dabei.

„Los, an die Arbeit!" Befahl er nach einem Moment des Schweigens und wandte sich anschließend der Glasfront zu. Mit verschränkten Armen und sich mit einem Finger über den Schnauzer fahrend, beobachtete er den Spender.

Vor zehn Jahren war zum ersten Mal ein ähnliches Labor in Betrieb genommen worden. Damals natürlich noch mit wesentlich primitiveren Mitteln. Die Technik hatte auf diesem Gebiet wirklich großartiges Vollbracht. Inzwischen war sie soweit, dass alle Traumsequenzen der Tiefschlafphase, die ein Mensch zu Lebzeiten durchschritt, wiederbelebt, gewonnen und abgespeichert werden konnten. Die Vielfalt die Dr. Su aus einem einzigen Gehirn erhalten konnte war unbeschreiblich. Bei Dutzenden oder Hunderten an Spendern, übertraf sie gar seine Vorstellungskraft. Aber nichts anderes forderte der Markt. Videospiele, Videos, Filme, Visionen und Träume selbst, welche zuvor durch Su' Hände gegangen waren, fanden unzählige Interessenten.

Die Spender waren nach der Prozedur noch am Leben. Allerdings nur in biologische Hinsicht, denn weder erinnerten sie sich an irgendein Erlebnis aus ihrem früheren Leben, noch wußten sie ihren Körper noch zu bewegen. Auch das hatte Su ausgiebig untersucht. Aber nicht weiterentwickelt. Zu mehr als den körperlichen Grundfunktionen waren die Menschen nicht mehr fähig. Sie endeten als Organspender der Menschen in den oberen Etagen.

Return to

Als der hellbraune Opel Record mit den matschbraunen Verlourstizen und ein wenig Übergewicht, gemütlich mit 150 über die Autobahn schwamm, kannten sich nur ein paar der Jungs und Mädels länger als vier Stunden.
Alle anderen, namentlich Aline, Steffie und Torsten waren erst seit der Raststätte Neckarburg dabei. Durch Zufall waren sie auf Roland und Daniel gestoßen, die gerade auf dem Weg nach Antwerpen waren. Wie und weshalb ist eine lange Geschichte, die, rasch erzählt, vielleicht sogar ein wenig komisch ist. – Vielleicht.

„Los komm schon!" Roland haßte es nicht zur verabredeten Zeit loszufahren.
„Nur keine Hektik. – Jetzt rauchen wir gemütlich noch eine, ich hol mein Zeug und wir können los.", beschwichtigte Daniel und klemmte sich eine Selbstgedrehte zwischen die Lippen.
„Streichhölzer. – Wo sind meine Streichhölzer?"
„Oh Mann! Wir werden in den dicksten Stau kommen. Das seh ich doch jetzt schon."
„Hey, mach dich doch locker. – Wir haben Urlaub!", lachte Daniel und zündete sich ein Streichholz an. Aufflammend begannen die ersten Tabakfäden zu brennen und er schüttelte das Holz wieder aus. Im Hintergrund liefen gerade The Doors mit *under waterfall* und Roland versuchte sich ein wenig zu beruhigen. Und als hätte sein Herabsacken an der Schrankwand irgendeine besondere symbolische

117

Kraft, erhob sich Daniel und packte tatsächlich sein Zeug zusammen.

Aber es sollte noch etwa eine halbe Stunde dauern, ehe sie alles im Kofferraum des Record verstaut hatten. Immer war noch eine Kleinigkeit zu erledigen oder hier noch etwas zu tun, - es war schlimm! Roland hatte es inzwischen zwar geschafft, sich nicht mehr aufzuregen und Daniel einfach machen zu lassen, doch als die beiden sich endlich im Auto befanden, konnte er trotzdem zum ersten Mal wieder befreit aufatmen.

„Also los."

„Genau.", meinte Daniel, warf den Motor an, legte die Fahrstufe der Automatik ein und fuhr los. Mit Schaltpause und Sechszylinder zog der Wagen fast animalisch, wie eine Echse, aus der Parklücke und um die nächste Straßenecke.

Sie fuhren nur zu zweit. Obwohl dieser Trip schon lange geplant gewesen war und sie eigentlich zu viert hätten sein sollen. Doch das war eine lange Geschichte und hatte sie viel Nerven gekostet. Nicht gern dachten sie daran zurück........egal!

„Was soll denn das verdammt?", fragte Roland wütend. „Das hatten wir doch schon seit Ewigkeiten geplant."

„Tut mir leid, aber was soll ich machen? Ihre Eltern haben uns eben eingeladen.", versuchte Stefan zu erklären, aber es war hoffnungslos. Bei seinen Freunden würde er so schnell nicht auf Verständnis stoßen. Ein Familienwochenende sollte ihrer Reise im Wege stehen? Das war doch nicht normal. Dabei war es noch nichtmal Stefan' Familie, nur die seiner

Freundin Yvonne, die obendrein sowieso niemand leiden konnte. Naja, mit einer Ausnahme vielleicht.

„Ist das jetzt sicher?", fragte Daniel genervt. Er kannte Stefan am längsten und wußte, dass er hin und wieder solche Überraschungen parat hatte. Meist war es dann schon gelaufen und Überzeugungsversuche waren vergeblich.

„Tut mir wirklich leid, Leute.", beteuerte Stefan und lehnte sich zurück an die Bar. Im Keller von Jochens Haus – also dem Haus seiner Eltern – gab es diesen Partykeller in dem sie sich häufig trafen.

„Na gut. Was soll's, gehen wir eben nur zu dritt!", meinte Daniel und wandte sich um. Es war ok. Sowas gab es halt. Zwar doof und irgendwie nicht gerade die feine Art von Stefan, in anderen Kreisen wäre er sicher gleich als Kameradenschwein oder ähnliches verunglimpft worden, doch was sollten sie machen? – Zumindest ging man hier anders miteinander um.

„Es könnte sein...", begann Jochen zögerlich, wurde aber unterbrochen.

„Hey, was wird das hier? Verdammt!"

„Daniel, ich weiß es doch noch gar nicht. – Ich sage doch vielleicht."

„Komm, laß doch den Mist! Vielleicht heißt immer nein!" Daniel war wütend und wurde dies noch viel mehr sobald ihm einfiel, wer mit der Idee angekommen war. – Damals, vor Ewigkeiten.

„Aaah...hört sich nicht schlecht an und wo hast Du nochmal davon gehört?", wollte Daniel wissen. Er lief gerade mit Zigarette herum und wühlte sich durch einen Stapel alter Zeitschriften. Im oberen Stockwerk der Wohnung lief Supertramp auf der alten SABA

Anlage und verbreitete einen herrlichen satten Klang bis in die kleinste Ritze, vor ihnen flimmerte der Fernseher mit abgestellten Ton und links von ihnen hätten sie gerade im Internet surfen können, sofern sie gewollt hätten.

„Hab ich irgendwo gelesen.", antwortete Jochen und blätterte abgelenkt durch ein CD-Booklet. Irgend etwas mit Black Rebel....

Ganz so ähnlich wie einige Tage zuvor.

Wie beiläufig hielt er das kleine Heftchen in den Händen. Auf dem Cover stand ein schwarzer Yak auf einem Felsen und blickte einen direkt an. Darunter stand: Pleasure Guide 2002. Jochen blätterte weiter und fand nach einer Weile einige Zeilen über das bekannte und beliebte Antwerpener Bierfestival. Über vierzig Brauereien mit allerlei gewagten Produkten wie Obstbier und Starkbier mit 10 % Alkohol, hörten sich ziemlich interessant an. – Zudem war der Eintritt frei.

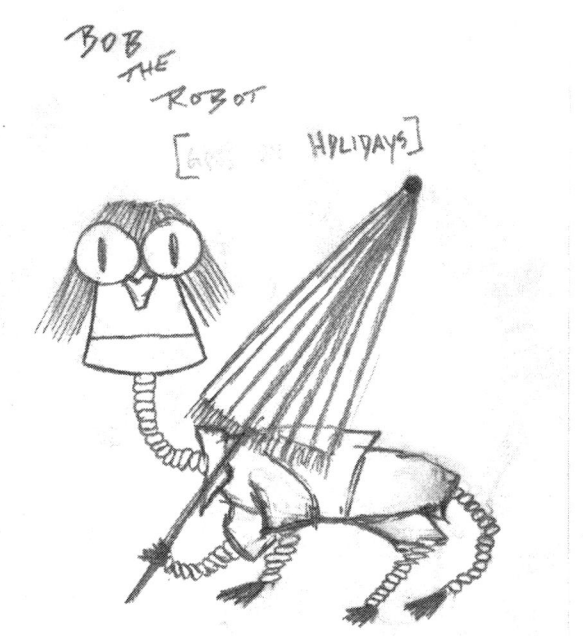

BOB
THE
ROBOT
[GOES ON HOLIDAYS]

Hilfe, ich glaub' ich bin am Ende

1. Akt „Das Heim"

Wir sehen den armen Schriftsteller zu Hause in seiner Kammer. Hoch oben direkt unter dem Dach. Sein Hab und Gut besteht aus nicht viel mehr als aus einem Bett, einem Tisch, einem Stuhl, einem Sessel, einem Stift...einem PC mit INTEL Pentium 4 Prozessor, einer Stereoanlage von Bang & Oluffsen, einem DVD Player, einem Breitbildfernseher in Ponygröße, einer vierstrebigen von David Bowie designten Deckenlampe, eines von indischen Kindern geknüpften und der Weltkarte nachempfundenen Teppichs mit den Maßen 7x10 m, den liegengelassenen Unterhöschen von Madonna, Michele Pfeiffer, Bridget Fonda und Uma Thurmann, den Autoschlüsseln für einen der fünf Aston Martin Vantage in blau, british racing green, schwarz, anthrazit und gelb, einem roten Telefon mit Direktleitung nach Berlin, einem schwarzen mit Direktleitung irgendwo nach Bayern, mehreren Schreiben welche große Dankbarkeit ausdrücken unseren Schriftsteller einen persönlichen Freund nennen zu dürfen, unter anderem von Robert DeNiro, Johnny Depp, David Fincher, Sting und Thom Yorke; wir finden das Geheimnis der Drehbuchgötter der TV-Serie „Seinfeld", sehen den allerletzten Brief von Kurt Cobain und gleich daneben das Video von seinem Tot...

2. Akt „Die Arbeit"

Wir sehen unseren Schriftsteller auf seinem Sandbett, ja man hat tatsächlich das Gefühl als schliefe man am

Strand, liegen. Stille herrscht und nichts passiert. Als Sinnbild für die unendliche Qual der Ideenlosigkeit und des Schreckens eines leeren, weißen Blattes starrt die Hauptfigur immerzu an die Decke. Zermürbung und Leid liegen in seinen schwachen Augen. Und uns wird klar, er wird seinen eigenen Erwartungen nicht gerecht und zerbricht daran. Langsam, so dass wir es kaum bemerken, rinnt eine Träne seine Wange hinunter, immer weiter, so lange bis sie sich verbündet mit alle jenen die den Ozean der Trauer und des Schreckens bereits bis zum Rande angefüllt haben.............dann klingelt es an der Tür und Tiger Woods holt ihn für den täglichen Golfunterricht ab.

3.   Akt „Der Vorhang fällt"

Wir sehen wie der Vorhang fällt.

FINE

Die Leute sollten nun klatschen...vor Begeisterung auf die roten, ehrwürdigen Sitze stehen und sich ihrer Fliegen und Krawatten entledigen um sie brennend auf die Bühne zu schleudern, das Theater verlassen und jedem Fahrzeug, dem man zutraut teurer als 300,- Euro gewesen zu sein, die Reifen abstechen. Danach könnten einige die sicherlich nahen McDonald's Filialen in Brand stecken, während andere das gleiche mit Burger King und Pizza Hut machen, sofern es sie denn in der Stadt gibt....

Danksagung

Ich möchte folgenden Personen, Institutionen und
Gruppen von Einzelpersonen danken:

Dennis, Dani und Majo, Gretel, Vera und Harry,
meinem Papa, Katja und meiner Mutter, Thomas und
Anna
sowie
noch immer Alfred

Ein spezieller Dank gebührt Benny für die Hilfe und
Unterstützung...ohne ihn wäre vieles nicht möglich
gewesen...und natürlich ganz herzlich
Tina
Ebenso auch allen bei Books on Demand, und einigen
bei der Deutschen Post AG.....so doof es klingen mag,
allen bei THE COOPER TEMPLE CLAUSE, qotsa
und Black Rebel Motorcycle Club sowie
Radiohead....was soll ich sagen, ich bin eben ein sehr
stark durch Musik inspirierter Mensch.

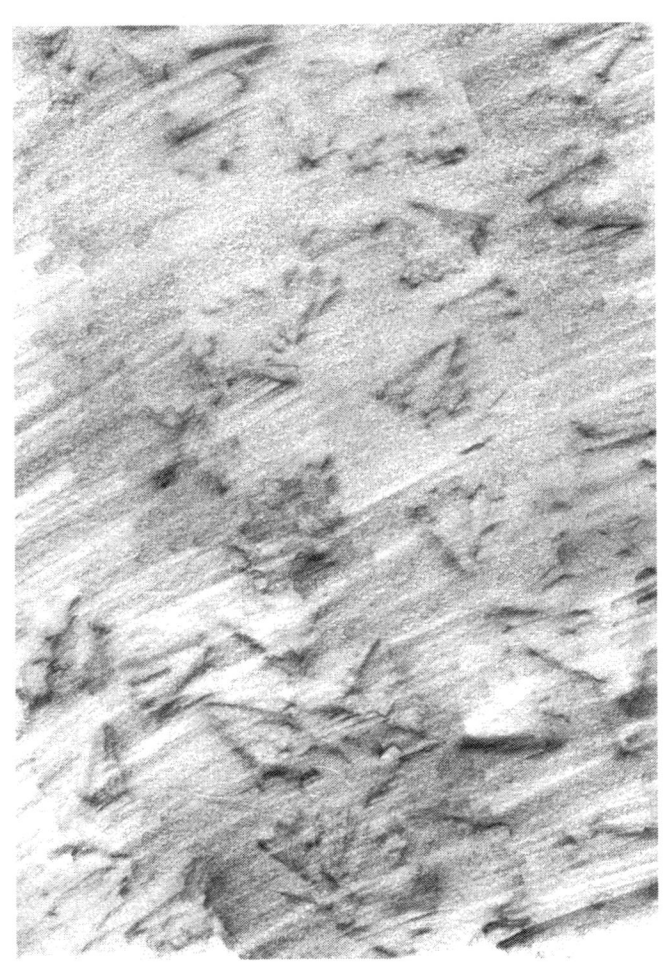

4

"Kursk"

Dunkel ist es um mich
Noch tiefer als die Dunkelheit sind die Gedanken
Pochende Hammerschläge in meinem Kopf
Ein Drücken und Zögern und dann doch atmen
Stille!
Wo und wie?
Die anderen?
Glucksende, bewegende Schwere nicht weit
Aber dann ist es ein Herübergleiten
Langsam, weich und zart
Und schon fühle ich, nein bin ich, Leichtigkeit
Losgelöst und fern der Kälte
Empor, empor.......nach oben

17.08.00

3

Nachts

Sobald der Tag in seinen letzten Zügen liegt
Dunkel,- über Helligkeit obsiegt
Schatten mit der Sonne tanzen üben
Kann nichts mehr diese Eintracht trüben
Dann erwacht sie und auch ihr Reich
Unablässig und doch samtig weich
Einem wahren Zauber gleich
Kannst du dir sicher sein
Hier herrscht sie und nur sie allein,
Hier wohnt die Ruhe und das Glück
Wer kann, der geht nicht zurück

Oliver Russo 06.07.2000

Von Oliver Russo ebenfalls erhältlich:

-Ein Lächeln von Traurigkeit und Freude-

Eingebettet zwischen die rauhen Gipfel der
schottischen Highlands, scheint nichts das Leben von
Collin O'Rourke und seiner Familie aus den Bahnen
werfen zu können.
Doch dies ändert sich, als ein junger Mann aus dem
Süden auftaucht. Und mit ihm die Schatten der
Vergangenheit. Schon zeigt die Fassade von Ruhe
und Eintracht erste Risse.

ISBN 3 – 8311 – 3392 – 1

-FrisoBo, ich und mein Glück-

Was haben ein Teddy-Bär, San Francisco, eine
Hütte in Kolumbien und ich - auf der Suche
nach meinem Glück gemein? Eine Frage
die fiebrig nach einer Antwort schreit,
auch oder gerade da es keine
Antwort
gibt?

ISBN 3 – 8311 – 4122 - 3

Weitere Informationen über den Autor, aktuelle und
zukünftige Projekte finden Sie auch im Internet unter:

www.oliver-russo.org